Irmgard Lindner

Krümel und Rosine

im Tohuwabohu

Illustrationen von
Dagmar Geisler

Thienemann

Erstes Kapitel,

in dem Marlena eine grandiose Idee hat

»Nein, nein, nein!«, rief Krümel. »Das kommt überhaupt nicht in Frage!«

»Aber Krümel! Das ist doch eine phantastische Sache. Ich kann meine Mutter auf ihrer Schauspieltournee durch Amerika begleiten und Rosine lebt für drei Monate wieder in der Menschenwelt. Rosine ist bestimmt einverstanden. Warte nur, bis sie kommt!« Marlena war richtig begeistert.

»Ja, das kann ich mir vorstellen!«, blaffte Krümel zurück. »Natürlich ist Rosine einverstanden. Du weißt genau, dass sie liebend gerne hier leben würde. Aber ich, ich bin überhaupt nicht einverstanden, weil das ein riesiges Kuddelmuddel gibt, so wie beim letzten Mal!«

Und Krümel sah Hilfe suchend zu Opa. Der saß an diesem wunderbaren, warmen Septembertag am runden Gartentisch unter den Apfelbäumen und las die *Süddeutsche Zeitung*. Keine Macht der Welt hätte ihn davon abhalten können, sie jeden Tag von vorne bis hinten zu lesen. Mühsam entzifferte er Buchstabe für Buchstabe. Denn er war auf dem rechten Auge blind und auch auf dem linken sah er nicht gut. Deshalb war in seine Lesebrille eine Lupe eingepasst.

Schwerhörig war er allerdings nicht. Aber er tat so, als habe er gar nicht mitbekommen, was die zwei Mädchen besprachen, die zehn Meter entfernt unter einem ausladenden Kirschbaum im Gras lagen. Zwischen ihnen hockte Krümels Bernhardiner Aloisius. Er wandte seinen riesigen Hundekopf verwundert mal dem einen, mal dem anderen Mädchen zu, je nachdem, welches gerade schrie.

»Krümel«, wiederholte Marlena, »ich sag's dir jetzt zum fünften Mal. Es kann nichts schief gehen. Ich fahre zu meiner Mutter in die USA und Rosine übernimmt hier meinen Platz.«

»Das hatten wir schon mal!«, fauchte Krümel. »Da wären wir beinahe aufgeflogen und dein Vater hätte begriffen, dass sich die Fee Rosine als seine Tochter Marlena ausgegeben hat.«

Marlena schüttelte über so viel Sturheit unwillig den Kopf. Sie kam aber nicht mehr dazu, zu antworten, weil Opa nämlich laut und ungehalten brummte: »Also, Rosine, das geht jetzt zu weit!«

Krümel und Marlena fuhren herum. Sie sahen einen wütenden Opa, der von seinem grünen Gartenstuhl aufgestanden war und entgeistert auf den Tisch starrte, auf dem seine Zeitung ausgebreitet lag. In der konnte er aber nicht mehr lesen, denn direkt über der Zeitung schwirrten grüne, rote, blaue, goldene und silberne Sternchen. Sie verdichteten sich immer mehr, rotierten und sanken nach unten auf das Papier.

Die Glitzerpünktchen verblassten und auf Opas aufgeschlagener Zeitung saß die kleine Fee Rosine. Verdutzt blickte sie in Opas Gesicht, der zum ersten Mal, seit er Rosine kannte, ein wenig böse auf sie war.

»Sag mal, Rosine, kannst du dir wirklich keinen anderen Landeplatz hier aussuchen?« Opa zeigte mit seinem dicken Arm auf den großen, alten Garten und auf sein Häuschen. »Muss es ausgerechnet meine Zeitung sein, die ich gerade lesen wollte, hm?«

»'tschuldigung!«, sagte Rosine und rappelte sich vorsichtig hoch. »Die Feinabstimmung klappt noch nicht.« Und sie war eifrig darum bemüht, Opas Zeitung nicht zu verknüllen. Sie trug ihr blaues Feenkleid, goldene Schuhe und das Feendiadem saß ihr etwas schief auf dem blonden Haarschopf. In der Hand hatte sie den Zauberstab. Der war noch ausgezogen, einen halben Meter lang, und schillerte in allen Farben.

Marlena sprang herbei, packte Rosine um die Taille und hob sie vom Tisch. Denn die kleine Fee hatte sich in ihrem langen Kleid verheddert und wäre ohne Hilfe kaum von Opas Zeitung gekommen. Für Marlena war das kein Problem. Sie war sportlich und kräftig und konnte noch ganz andere Sachen heben als Feen in der Ausbildung.

Krümel versuchte, nicht zu grinsen, als sie Opas verkniffenen Gesichtsausdruck sah. Sonst fand er alles, was die kleine Fee anstellte, immer ausgesprochen witzig. Rosines Landeversuche in der Menschenwelt gingen nämlich nur selten glatt.

Einmal hatte sie im Apfelbaum gesessen, ein anderes Mal auf dem Kamin von Opas Haus, und es hatte eine Ewigkeit gedauert, bis Krümel, Opa und Marlena die kleine Fee von dem Dach runterbekommen hatten. Das hatte auch daran gelegen, dass Opa die Leiter nicht richtig halten konnte, weil er so lachen musste.

Opa fing Krümels Blick auf, betrachtete die verlegene Fee, dann hellte sich sein Gesicht auf und er prustete los. »Schon gut, Rosine«, sagte er, »schon gut. Es ist ja nichts passiert. Jetzt geh nur, Marlena hat dir was Wichtiges zu sagen!«

Und Opa strich seine Zeitung glatt, die als Landeplatz für Feen tatsächlich nicht geeignet war. Er zwinkerte Krümel zu und die grummelte vor sich hin. Opa hatte ihnen also doch zugehört und anscheinend hatte er gegen Marlenas Plan nichts einzuwenden. Das konnte ja heiter werden!

Marlena hatte Rosine auch schon bei der Hand genommen und die immer noch etwas verwirrte Fee unter den Kirschbaum gezerrt. Aloisius sprang freudig um sie herum und ließ sich dann wieder zwischen den Mädchen ins Gras fallen.

»Rosine muss sich doch erst noch umziehen!«, rief Krümel und sah nervös zwischen den Obstbäumen hindurch auf die Straße.

»Ach was!«, erwiderte Marlena. »Das lohnt sich doch gar nicht. Uns sieht hier sowieso niemand!«

Das stimmte natürlich, in Opas Garten wuchsen so viele Bäume und Sträucher, dass man von der Straße aus kaum sehen konnte, was drinnen vorging. Und die Mädchen saßen ja auch nicht direkt am Zaun.

Rosine vertauschte ihr langes blaues Feenkleid immer zuerst gegen Jeans und Pullover, bevor sie mit den Mädchen im Garten spielte. Damit konnte sie irdische Spiele mitmachen. Und wenn die Mädchen mit Aloisius spazieren gehen wollten, musste Rosine zumindest äußerlich wie ein Menschenkind aussehen.

Natürlich hätte sich Rosine schnell Menschenkleidung herbeizaubern können, wenn sie richtig hätte zaubern können. Aber genau das konnte sie nicht. Ihre Versuche waren mehrmals schief gegangen. Einmal stand sie in einer orangefarbenen Bauarbeiterkluft da, mit Helm und Spaten und allem Drum und Dran. Ein anderes Mal steckte sie in einem japanischen Kimono, hatte die Haare kunstvoll hochgesteckt und hielt zu ihrer eigenen Überraschung einen Fächer in der Hand. Opa hatte jedes Mal Tränen gelacht, vor allem über die steinzeitliche Fellbekleidung, in der Rosine eines Tages aufgetaucht war. Statt des Zauberstabs hatte sie damals eine Keule geschwungen.

Krümel und Marlena fanden diese Aktionen nicht ganz so witzig, weil es immer Stunden dauerte, bis Rosine sich in einigermaßen alltägliche Kleider gezaubert hatte. Dann war der Nachmittag meist schon vorbei und sie mussten sich verabschieden. Deshalb hatten Krümel und Marlena das eine oder andere Stück aus ihren Kleiderschränken in Opas Häuschen geschafft. Und obwohl Krümel viel kleiner und Marlena einen halben Kopf größer als die kleine Fee war, passten ihr die Sachen immer. Das waren so die Kleinigkeiten, an denen man merkte, dass Rosine eine Fee war.

»Ja, ja!«, jubelte Rosine jetzt und riss Krümel aus ihren Gedanken.

Aha, dachte Krümel, Marlena hat ihr den verkorksten Plan erzählt und natürlich ist Rosine begeistert.

Ehe sie etwas sagen konnte, rief Marlena: »Aber diesmal ist es doch etwas anderes, Krümel ...«

»Wieso ist es diesmal etwas anderes?«, fragte Krümel aufgebracht.

»Ich finde auch, dass es diesmal etwas anderes ist.« Opa hatte, unbemerkt von den dreien, seine Zeitung zusammengefaltet, seinen grünen Klappstuhl zum Kirschbaum geschleppt und sich hinter die Mädchen gesetzt.

Krümel schlug sich mit der Hand an die Stirn.

»Es ist diesmal wirklich etwas anderes«, wiederholte Opa unbeirrt. »Euer Problem beim letzten Mal war, dass sich Rosine für Marlena ausgegeben hat, ohne dass Marlena das wusste. Deshalb wärt ihr beinahe aufgeflogen, weil Marlena von Hamburg nach München kam und keine Ahnung davon hatte, dass Rosine ihre Rolle gespielt hatte. Aber diesmal ist Marlena eingeweiht. Sie weiß nicht nur, dass unsere kleine Fee bei ihrem Vater Tochter spielt, sie will es sogar!«

Marlena nickte eifrig und Krümel ließ sich nach hinten ins Gras sinken. Sie starrte in den Kirschbaum, dessen Blätter sich schon gelb verfärbt hatten. Krümel und Opa wussten immer noch nicht, ob ihn Rosine herbeigezaubert hatte oder Aurelia, die Wetterhexe. Die hatte Rosine bei ihrem letzten Besuch in der Menschenwelt zurück ins Feenreich gebracht.

Aloisius kroch auf Krümel zu und stupste sie vorsichtig mit der Nase an. Gedankenverloren strich Krümel dem Hund über das seidenweiche braune Fell.

Den Hund hatte Rosine gleich bei ihrem ersten Besuch in der Menschenwelt herbeigezaubert. Das war vor fast einem Jahr gewesen, im November, da war die kleine Fee versehentlich auf Krümels Balkon gelandet. Seither hatte sich einiges für Krümel verändert. Krümels Eltern hatten sich vor einigen Monaten scheiden lassen und ihr Vater lebte bei seiner neuen Freundin Chrissie. Krümels Mutter musste nun ganztags in einem Kaufhaus in der Innenstadt arbeiten und so fuhr Krümel nach der Schule am Montag, Mittwoch und Freitag zu Opa. Manchmal begleitete Marlena sie.

An Weihnachten des letzten Jahres hatte Rosine sich heimlich zu Krümel aufgemacht und hatte bis März als Marlena Bäumler hier gelebt, so lange, bis die echte Marlena aufgetaucht war und die Sache beinahe aufgeflogen wäre. Jetzt durfte Rosine mit Erlaubnis ihrer Mutter Elane in die Menschenwelt, wann immer sie wollte. Aber sie musste in Opas Häuschen landen, weil Opa der einzige Erwachsene war, der eingeweiht war, dass Rosine eine Fee war. Krümels Mutter oder Marlenas Vater wären vor Schreck auf den Rücken gefallen, wenn Rosine von farbenfrohen Glitzersternchen umschwirrt auf ihren Küchentischen oder in ihren Badewannen aufgetaucht wäre.

Krümel war recht zufrieden mit diesem Zustand, nicht aber Rosine. Denn sie wollte wie ein richtiges Menschenkind leben und mit Krümel in die Schule gehen. Doch das ließen die Feen nicht zu. Krümel wusste das und sie wusste auch, dass Marlena auf normalem Weg kaum drei Monate lang bei ihrer Mutter in Amerika bleiben konnte. Dazu bräuchte sie die Erlaubnis ihres Vaters und eine Genehmigung der Schule und wahrscheinlich sonst noch allerlei Stempel und Unterschriften. Überirdisch einfach war die Sache, wenn Rosine als Marlena Bäumler in München blieb. Aber Krümel fand die Sache gar nicht einfach. »Also«, begann sie, »stellt euch vor, wir machen das. Rosine übernimmt Marlenas Rolle ...«

»Ja, ja!«, rief die kleine Fee begeistert.

»Es ist zwar einfacher als beim letzten Mal«, fuhr Krümel fort, »weil Marlena Bescheid weiß. Aber wie wollt ihr Marlenas Vater davon überzeugen, dass Rosine seine Tochter ist?«

»Das hat er doch im Frühjahr auch geglaubt!«, behauptete Marlena. »Von Weihnachten bis März hat er geglaubt, dass Rosine Marlena Bäumler ist. Wo soll da jetzt das Problem sein?«

»Im Frühjahr«, erwiderte Krümel, »hatte er dich, also die echte Marlena, seit Monaten nicht gesehen. Aber du lebst jetzt seit über einem halben Jahr bei deinem Vater. Er sieht dich jeden Tag. Er weiß, wie du dich verhältst, was du gerne isst und trinkst. Er kennt alle deine Angewohnheiten. Glaubst du wirklich, der merkt nicht, dass Rosine nicht seine Tochter ist?«

Marlena brummelte verlegen vor sich hin.

Aber Rosine war empört. »Was denkst du dir denn, Krümel? Schließlich bin ich eine Fee. Für Herrn Bäumler sehe ich aus wie seine Tochter, das ist eine der einfachsten Feenübungen!«

Krümel schüttelte den Kopf, Fee hin, Fee her! Außerdem konnte Rosine nicht richtig zaubern.

Jetzt mischte sich auch noch Opa ein. »Hör mal, Krümel, ich seh da auch keine Gefahr. Jupp erwartet doch nicht, dass eine andere Person seine Tochter spielt. Das stellt sich ein Mensch einfach nicht vor, weil es viel zu unwahrscheinlich ist. Und deshalb nimmt Jupp an – und jeder andere würde das auch tun –, dass das blonde Mädchen, das mit einem Schulranzen auf dem Rücken in seine Wohnung spaziert, auch seine Tochter sein muss. Dass das Wesen vor ihm unsere Rosine ist, auf den Gedanken kann der Arme doch wirklich nicht kommen.« Und Opa kicherte in sich hinein.

»Also gut«, knurrte Krümel. »Wenn ihr alle glaubt, dass Jupp Bäumler das so einfach schluckt, dann soll es mir recht sein. Aber wie soll Rosine Marlenas Platz einnehmen? Marlena muss zum Flugplatz und Rosine muss zur gleichen Zeit in Jupps Wohnung sein.«

»Das ist doch kinderleicht!«, rief Marlena. »Ich hab mir alles schon überlegt und die einzelnen Punkte aufgeschrieben. Also passt auf!« Und Marlena zog eine eng beschriebene Liste aus einer der unzähligen Taschen ihrer olivgrünen Jacke. »Rosine übernimmt meine Rolle an einem Montag. Da geht es am besten. Ich warte, bis mein Papa zur Arbeit geht. Er muss jeden Tag vor sieben Uhr los. Dann nehme ich meinen Koffer, geh runter und setz mich in ein Taxi. Völlig problemlos!«

Krümel seufzte. »Und wenn dich im Treppenhaus jemand sieht, wie du den Koffer runterschleppst? Meine Mutter zum Beispiel?«

»Oh, Mann!«, rief Marlena wütend. »Jetzt mach doch nicht alles so kompliziert. Wer soll mich denn sehen? Deine Mutter geht nie vor neun aus dem Haus. Die ist froh, dass sie um sieben noch schlafen kann!«

Da hatte Marlena Recht. Selbst wenn Mama Frühschicht hatte, musste sie nicht vor halb zehn anfangen. »Gut!«, brummte Krümel deshalb. »Und Rosine? Was macht die?«

»Ganz einfach!«, erwiderte Marlena und studierte ihre Liste. »Rosine landet bei deinem Opa am Sonntagabend. Sie fährt frühmorgens mit der Straßenbahn in die Stadt, wartet an der Haltestelle, bis ich mit dem Taxi weg bin. Dann läuft sie schnell nach oben in die Wohnung, holt meine Schultasche, klingelt bei dir und ihr beide geht seelenruhig in die Schule. Basta!« Marlena ließ das Blatt sinken und blickte triumphierend von Opa zu Rosine und schließlich zu Krümel.

Opa klatschte Beifall und grinste. Krümel starrte wütend in den Kirschbaum. Rosine stand auf, bohrte ihren goldenen Feenschuh ins Gras und biss sich auf die Lippe.

Opa stupste die kleine Fee mit seinem dicken Zeigefinger an und sagte: »Keine Angst, Rosine, ich werde dich an diesem Montagmorgen zur Straßenbahnhaltestelle bringen. Wo du aussteigen musst, weißt du doch. Von der Haltestelle siehst du das Haus, in dem Krümel und Marlena wohnen. Das schaffst du bestimmt!«

Rosine nickte dankbar und klopfte mit dem schwarzen Zauberstab gegen ihre Knie. Die kleine Fee konnte sich in der Menschenwelt nicht gut orientieren. Sie musste einen Weg sehr oft gehen, bis sie ihn allein zurücklegen konnte, ohne sich zu verlaufen.

Krümel sah immer noch Schwierigkeiten. »Wie kommt Rosine an diesem Montagmorgen in die Wohnung, um den Schulranzen zu holen?«

Marlena stöhnte. »Meinen Schlüssel lass ich am Sonntagabend natürlich hier. Und meinem Vater sag ich dann, ich hätte ihn eben vergessen und würde ihn am Nachmittag bei Opa wieder holen. Rosine landet hier, nimmt den Schlüssel und fährt los. Wo ist das Problem?«

Krümel gab endgültig auf. Marlenas Plan war anscheinend wasserdicht und Krümel fiel beim besten Willen nichts mehr ein, was sie noch dagegen vorbringen konnte. Aber wohl war ihr bei der Geschichte nicht. »Und deine Mutter, Rosine, glaubst du, sie erlaubt dir, drei Monate lang ununterbrochen in der Menschenwelt zu leben?«, fragte Krümel. Sie hatte die vage Hoffnung, dass hier noch ein Haken sein könnte, der die Sache verhinderte.

Rosine betrachtete den zusammengeschobenen schwarzen Zauberstab in ihrer Hand, so war er nur zehn Zentimeter lang. »Bestimmt«, behauptete die kleine Fee und blickte sinnend in den immer noch strahlend blauen Himmel.

Krümel seufzte leise. So sicher klang das »Bestimmt« nicht und sie dachte an all die Schwierigkeiten, die Rosine im Feenreich inzwischen hatte. Zum einen musste sie die Zauberprüfung wiederholen, durch die sie letztes Jahr im November geflogen war, weil sie irrtümlich auf Krümels Balkon gestrandet war. Und zum anderen hatte Rosine im Frühjahr so viel Unfug in der Menschenwelt angestellt, dass ihr ein Prozess im Feenreich drohte, weil sie den natürlichen Ablauf in einer anderen Welt durcheinander gebracht hatte. Und das bedeutete einen Verstoß gegen das Große Feengesetz zur Anwendung zauberischer Fähigkeiten. Zwar war letztlich alles gut ausgegangen und die Menschenwelt war durch Rosines Anwesenheit überhaupt nicht aus den Fugen geraten. Aber Krümel hatte aus Rosine bisher nicht herausgebracht, ob die Feen das auch so sahen.

»Na, Krümel«, sagte Opa. »Jetzt gib dir endlich einen Ruck. Du siehst doch, dass Marlenas Plan funktioniert. Die Feen haben auch nichts dagegen, wenn Rosine wieder länger bei uns bleibt. Da kann doch nichts mehr schief gehen. Oder gönnst du Marlena Rosines gute Noten nicht?« Und Opa grinste.

»Pah!«, knurrte Krümel wütend. Sie hatte selbst gute Noten. Und dass Marlena von Rosines Einsen aus dem Frühjahr noch im Jahreszeugnis profitiert hatte, das gönnte sie Marlena natürlich. Rosine war wirklich übermenschlich gut gewesen in der Schule. Aber das hatte nichts mit ihren magischen Fähigkeiten zu tun, sondern nur damit, dass die kleine Fee lernte wie verrückt. Deshalb war sie hier ja so glücklich. Im Feenreich lief die Sache bekanntlich völlig anders. Da flog Rosine durch jede Prüfung, weil sie sich die Zaubersprüche einfach nicht merken konnte.

Auch Marlena protestierte nicht allzu heftig gegen Opas Unterstellung, sie hätte einen Vorteil von Rosines guten Noten. Marlena war nicht schlecht in der Schule, aber sich von Rosine am Anfang des neuen Schuljahrs drei Monate lang ein Einsenpolster anlegen zu lassen, das war nicht der übelste Nebeneffekt der ganzen Aktion.

Krümel hatte endgültig verloren, das war ihr klar. Aber vielleicht sah sie wirklich zu schwarz. »Also gut, also gut!«, rief sie deshalb. »Ich bin einverstanden! Wir machen alles so, wie Marlena gesagt hat.«

Rosine tanzte in ihrem blauen Feenkleid um Krümel herum. Opa schlug sich auf die Schenkel und pfiff vergnügt vor sich hin. Marlena rappelte sich hoch und klatschte der tanzenden Rosine auf den Rücken. Rosine hieb sofort zurück, denn sie liebte Schulterklatschen sehr.

Opa erhob sich und trug seinen Stuhl zurück an die Hauswand. Die Sonne stand schon tief im Westen und warf letzte Strahlen in den Garten. »Ich glaube, es wird langsam Zeit für euch drei.«

Die Mädchen nickten.

»Und wann tauschen wir die Rollen, Marlena?«, fragte Rosine und hörte auf damit, auf Marlenas Rücken zu schlagen.

»Nächste Woche!«, rief Marlena ausgelassen. »Am Sonntagabend beginnt die Operation *Fee wird Mensch und Mensch fährt nach Amerika*!« Und Marlena klatschte Rosine zum Abschied auf den Rücken.

»Phantastisch!«, schrie Rosine und hob den Zauberstab. Sie zwinkerte Krümel noch einmal zu.

Der Stab wurde einen halben Meter lang, begann in allen Farben zu schillern, dann schwirrten grüne, rote, blaue, goldene und silberne Sternchen um Rosine und verhüllten die kleine Fee vollständig. Als die Glitzerpünktchen verblassten, war Rosine verschwunden.

»Ich habe es schon so oft gesehen«, murmelte Opa verträumt, »aber es ist jedes Mal wieder umwerfend. Außer wenn Rosine auf meiner Zeitung landet.«

Zweites Kapitel,
in dem der Plan fast funktioniert

Am Sonntagabend saßen Krümel, Marlena und Opa in der Wohnküche bei Tee und heißer Milch mit Honig und warteten auf Rosine. Opa hatte eingeheizt, denn in den letzten Tagen war es kalt geworden. Gelbe Blätter segelten draußen von den Obstbäumen und Opas alter Kohleofen bollerte wohlig vor sich hin.

»Hier«, sagte Marlena. »Wir wollen schließlich kein Risiko eingehen.« Und sie legte ein Mobiltelefon auf den abgewetzten Küchentisch.

Opa sah von seiner Zeitung auf und äugte neugierig auf das schmale, schwarze Gerät.

»Wenn irgendetwas schief gehen sollte, Krümel, dann rufst du mich an«, erklärte Marlena. »Im Notfall komm ich sofort zurück. Das krieg ich mit Mama schon geregelt. Wir wollen hier doch kein Tohuwabohu wie letztes Mal!«

Krümel nickte, nahm das glänzende Telefon vorsichtig in die Hand und ließ sich von Marlena die einzelnen Knöpfe erklären.

»Und wie erreiche ich dich?«, fragte Krümel. »Hast du noch ein zweites? Ich brauch doch deine Nummer!«

»Keine Panik«, antwortete Marlena. »Von meiner Mutter bekomme ich ein neues Handy, sobald ich drüben bin. Ich rufe dich sofort an und gebe dir die Nummer durch. Und dann bin ich Tag und Nacht erreichbar. Alles kein Problem!«

Krümel war nach wie vor nicht der Meinung, dass alles kein Problem sei, denn ihr war noch etwas anderes eingefallen. »Und was passiert, wenn dein Vater deine Mutter anruft oder umgekehrt?«

»Krümel«, sagte Marlena und ihre Stimme klang etwas ungeduldig, »das haben wir schon x-mal durchgekaut. Meine Eltern sind seit fünf Jahren geschieden. Sie sprechen nur miteinander, wenn es um mich geht. In unserem Fall bin ich bei meiner Mutter und Rosine spielt Marlena Bäumler bei meinem Vater. Warum sollen die beiden dann miteinander telefonieren?«

Krümel schüttelte den Kopf. Es hatte ohnehin keinen Sinn mehr, darüber zu diskutieren. Marlena hatte das Flugticket in der Tasche. Morgen früh würde es losgehen. Aber so glatt, wie Marlena glaubte, würde die Sache nicht laufen. Da war sich Krümel sicher.

»Langsam könnte Rosine aber auftauchen«, brummte Opa und musterte misstrauisch den Luftraum über seiner Zeitung. Aber da tat sich nichts, keine Sternchen, keine farbigen Pünktchen. In den letzten Tagen war Opa beim Aufschlagen der Zeitung immer etwas nervös gewesen, weil er befürchtete, dass Rosine jeden Moment auf ihr sitzen würde. Rosine hatte sich in der vergangenen Woche sowieso nur kurz am Mittwochnachmittag sehen lassen. Da war sie aus Opas Kleiderschrank gekrochen. Sie habe im Moment wenig Zeit, hatte die kleine Fee hustend erklärt – Opa hatte ziemlich viele Mottenkugeln im Schrank. Sie müsse noch einiges vorbereiten, aber sie werde pünktlich am Sonntagabend zur Stelle sein. Krümel hatte nicht weiter darüber nachgedacht. Rosines Besuche in der Menschenwelt waren das ganze halbe Jahr über sehr unregelmäßig gewesen. Mal tauchte sie jeden Nachmittag auf, mal ließ sie fast zwei Wochen nichts von sich hören. Anfangs hatte Krümel sich Sorgen gemacht, wenn Rosine längere Zeit nicht erschienen war. Inzwischen hatte sie sich jedoch an Rosines Rhythmus gewöhnt.

»Kommt«, sagte Opa jetzt und schlug die Zeitung zu. »Wir drehen mit Aloisius eine Runde durch den Garten. Vielleicht sitzt Rosine ja in einem Baum oder auf dem Gartenzaun.« Er grinste und pfiff Aloisius, der sofort begeistert hochhüpfte, vom Ofen weg.

Die drei stapften mit dem Bernhardiner durch den herbstlichen Garten. Der Wind fuhr durch die dichten Haarschöpfe der beiden Mädchen, wehte Wellen über Aloisius' braunes Fell und stellte Opas wenige weiße Haarbüschel senkrecht nach oben. Opa strich die Haare unwillig zurück und ärgerte sich, dass er seine Kappe nicht aufgesetzt hatte. Nach zwei Runden durch den Garten war klar, dass Rosine noch nicht angekommen war.

Jetzt wurde sogar Marlena etwas nervös. »Und wenn Rosine überhaupt nicht erscheint?«, fragte sie.

»Ach was«, sagte Opa leichthin. »Die taucht im Laufe der Nacht schon noch auf. Ihr kennt sie doch. Wahrscheinlich ist es nicht so einfach, im Feenreich die irdische Zeitrechnung im Griff zu haben. Sie hat versprochen zu kommen und ein Versprechen hat sie noch nie gebrochen.«

Krümel nickte. Dass Rosine sie im Stich ließ, konnte sie sich auch nicht vorstellen. Das stand auch gar nicht zur Debatte. Aber es war schon möglich, dass Rosine im Feenreich in Schwierigkeiten geraten war und dass die Feen Rosine nicht ausreisen ließen. Vielleicht musste Rosine endlich die Prüfung nachholen, durch die sie im November des letzten Jahres gefallen war. Aber Krümel sagte nichts. Sie wollte Opa und Marlena nicht beunruhigen.

Die beiden Mädchen brachen anschließend auf. Ausnahmsweise begleitete sie Opa nicht zur Straßenbahnhaltestelle, denn er wollte auf Rosine warten.

»Hör mal, Krümel!«, begann Marlena, als die zwei schon in der Tram saßen. »Ich muss dir noch etwas sagen. Du und Evi, ihr müsst unbedingt auf Hajo achten, wenn Rosine hier ist. Ich trau dem Kerl nicht über den Weg. Es kann sein, dass sich der irgendeine Schweinerei einfallen lässt.«

Krümel riss den Blick von den aufblitzenden Scheinwerfern auf der Straße. Marlena kannte Hajo erst seit einem halben Jahr. Krümel und ihre Freundin Evi dagegen waren mit Hajo schon in die Grundschule gegangen und beide hatten genug Unangenehmes mit ihm erlebt, um sowieso vorsichtig zu sein. Außerdem hatte Rosine Hajo im Frühjahr einen zauberhaften Streich gespielt. Sie hatte ihn mit Hilfe ihres Stabes durch die Luft fliegen lassen. Das war sehr unachtsam gewesen. Aber zum Glück hatte Hajo damals den Mund gehalten und kein Wort über sein überirdisches Erlebnis verloren. Denn er wollte sich weder bei seinem reichen Supervater noch bei seinen Anhängern in der Klasse lächerlich machen.

Marlena räusperte sich. »Evi und ich wollten die Sache nicht an die große Glocke hängen«, murmelte Marlena.

Wieso Evi?, fragte sich Krümel und war etwas beleidigt. Evi war ihre beste Freundin. Kindergarten, Grundschule und jetzt das zweite Jahr auf dem Gymnasium hatten die beiden miteinander verbracht. Und Evi hatte ihr kein Wort gesagt.

»Es war so, Krümel«, fuhr Marlena fort. »Nachdem ich Rosine abgelöst und mein Vater seine richtige Tochter wiederhatte, ohne dass der je begriff, dass die falsche drei Monate lang in seiner Küche gesessen hatte«, Marlena grinste, »da musste ich in der Schule zunächst sehr vorsichtig sein. Denn ich wusste ja nicht genau, wie sich Rosine verhalten hatte und mit wem aus der Klasse sie noch befreundet war. Jedenfalls fiel mir auf, dass Hajo von Anfang an um mich herumschlich. Ich wollte dir nichts sagen. Deshalb zog ich Erkundigungen über Hajo bei Evi ein und die erzählte mir Hajos ganzen Lebenslauf und die Sache mit dem Flugtrip, auf den ihn Rosine geschickt hatte.«

Marlena lachte auf. »Der Knabe wollte es offensichtlich genau wissen und machte sich immer öfter an mich ran, und zwar meist dann, wenn niemand in der Nähe war. Da fragte er, ob ich übernatürliche Fähigkeiten habe. Er hat wohl zu viele Weltraumsagas in der Glotze gesehen. Ich wusste natürlich, worauf der Möchtegern-Alien hinauswollte, stellte mich aber blöd und machte, dass ich wegkam. Bald beschlossen Evi und ich, dass wir den Jungen auf direktem Wege von seinem Science-Fiction-Trip heilen würden. Damit er die Sache mit Rosine schnellstens vergisst.«

Krümel stöhnte. Sie konnte sich ungefähr vorstellen, wie Marlenas und Evis Kur ausgesehen hatte. Schließlich hatte Marlena mehrere Karatekurse hinter sich und auch Evi stand nicht im Ruf, Auseinandersetzungen aus dem Weg zu gehen.

Das Ende der Geschichte erfuhr Krümel noch nicht, denn die beiden mussten aussteigen. Ein eiskalter Wind wehte den Mädchen durch die Haare, als sie auf die vertraute Haustür zustapften. Sie stellten sich unter das kleine Vordach. Weder Krümels Mutter noch Marlenas Vater sollten von der Sache erfahren, deshalb wagten sie sich nicht in den Treppenaufgang. Man hätte ihre Stimmen hören können.

»Na«, sagte Krümel und versetzte Marlena einen aufmunternden Stups.

Marlena gab sich einen Ruck und berichtete weiter: »Ich war seit vier Wochen hier und du warst in der Zeit mal drei, vier Tage krank, da musste ich allein nach Hause gehen. Das heißt, Evi begleitete mich natürlich bis zum Treffpunkt. Wir bemerkten, dass Hajo uns nachschlich, aber er traute sich noch nicht an mich ran. Am nächsten Tag lief Evi nicht nach Hause, sondern wartete, bis Hajo an ihr vorbei und hinter mir her war. Und tatsächlich sprang mich der Blödkopf hinten bei dem kleinen Spielplatz an. Er verlangte, ich solle ihn auf der Stelle wieder zum Fliegen bringen, aber so, dass er es steuern könne. Vorstellungen hat der! Auf jeden Fall war in diesem Moment Evi hinter ihm und zu zweit brachten wir ihn schon zum Fliegen, aber so, dass er das nicht steuern konnte, weil er kräftig auf die Nase flog!« Marlena grinste und stieß einen kurzen Pfiff aus.

Krümel stöhnte noch einmal. Hajo hatte sich zwar den Sommer über zurückgehalten und war den Mädchen aus dem

Weg gegangen. Aber Krümel kannte Hajo gut genug, um zu wissen, dass er die Abreibung nicht vergessen hatte. Bei der erstbesten Gelegenheit würde er zuschlagen. Rosine war eine Fee, doch das durfte sie Hajo gegenüber auf gar keinen Fall mehr zeigen. Und mit Händen und Füßen konnte sie sich nicht wehren, dazu war sie zu sehr Fee. Krümel und Evi mussten also dafür sorgen, dass Rosine nicht in Hajos Schusslinie geriet. Und obwohl Krümel mit Evis und Marlenas Gewalttätigkeiten überhaupt nicht einverstanden war, so hatte die Prügelei wenigstens bewirkt, dass Hajo nicht mehr an irgendwelche Zauberkräfte glaubte.

»Krümel!«, rief Marlena. »Wir müssen nach oben. Es ist schon halb neun!«

Rasch schloss Krümel die Haustür auf. »Hast du deinen Schlüssel bei Opa deponiert?«, zischte sie auf der Treppe.

»Ja doch!«, flüsterte Marlena.

»Und deine Schultasche?«, keuchte Krümel im dritten Stock. »Ist die für Rosine gepackt, mit den Montagssachen?«

»Aber ja«, antwortete Marlena und die Mädchen standen im vierten Stock. »Also dann«, murmelte Marlena. »Wenn wir uns morgen früh nicht mehr sehen, tschüs und alles Gute!« Marlena umarmte Krümel und tätschelte ihr den Rücken.

»Alles klar!«, erwiderte Krümel. »Und pass auf dich auf!« Hoffentlich ist Rosine morgen pünktlich, dachte Krümel. Sie winkte Marlena noch einmal zu, dann schloss sie die rechte Wohnungstür auf und Marlena klingelte an der linken.

Drittes Kapitel,

in dem Krümel nicht zu spät kommen will

Am nächsten Morgen stand Krümel möglichst leise auf. Leise war sie immer beim Aufstehen, weil ihre Mutter ja länger schlafen konnte als sie. Aber an diesem Morgen versuchte Krümel völlig geräuschlos zu sein. Denn ihre Mutter konnte sie nun wirklich nicht gebrauchen. Im Badezimmer verzichtete Krümel sogar auf das Gurgeln und in der Küche schnitt sie ihr Brot im Zeitlupentempo ab.

Mehrmals schlich Krümel zur Wohnungstür und lauschte. Sie wollte Marlena wenigstens zum Abschied zuwinken. Aber auf der anderen Seite blieb alles still. Krümel aß schließlich ihr Marmeladenbrot auf und tapste nochmals in die Diele. Da hörte sie unten ein lautes Klappern und das Schlagen von Autotüren. Krümel hastete ins Wohnzimmer und von dort auf den Balkon. Sie beugte sich über das Geländer. Vor dem Haus stand ein Taxi. Der Fahrer war ausgestiegen und wuchtete gerade Marlenas Koffer in den Gepäckraum.

Meine Güte, dachte Krümel, wie hat sie das Monstrum bloß die vier Stockwerke nach unten gebracht?

Marlena stand hinten am Wagen und beobachtete den Fahrer. Dann wandte sie das Gesicht schräg nach oben und sah

Krümel. Die lachte und winkte. Marlena hob die linke Hand zum Siegeszeichen.

»Alles klar«, sagte Krümel, wobei sie nur die Lippen bewegte.

Marlena nickte lächelnd und stieg in das Auto. Der Fahrer gab Gas. Nach wenigen Metern bog das Taxi ab und war aus Krümels Blick verschwunden.

Hätte ich sie aufhalten sollen?, überlegte Krümel, ich weiß doch gar nicht, ob Rosine bei Opa gelandet ist.

Sie schlich zurück in die Küche, packte ihre Brotzeitdose und Marlenas Mobiltelefon ein. Es würde ihr an diesem Tag zwar kaum etwas nützen, da Marlena bestimmt so schnell kein zweites bekommen würde. Aber Krümel wollte nicht, dass Mama das Ding bemerkte. Das würde nur unangenehme Fragen nach sich ziehen.

Krümel zog ihren Anorak an, stellte den Ranzen neben die Wohnungstür und wartete. Es war sieben Uhr. Krümel trat von einem Fuß auf den anderen und sah jede Minute auf ihre Armbanduhr. Zwei nach sieben, fünf nach sieben, zehn nach sieben. Unten klappte die Haustür. Krümel hielt den Atem an, bereit auf der Stelle die Wohnungstür aufzureißen und Rosine in Empfang zu nehmen. Blecherne Geräusche hallten durch das Treppenhaus. Der Briefträger, dachte Krümel enttäuscht.

Viertel nach sieben! Zwanzig Minuten brauchte Krümel in die Schule. Vor halb acht musste sie nicht weggehen. Evi wusste, dass Rosine wieder Marlena spielte. Wie üblich würde Evi bis zehn nach halb acht am Treffpunkt bleiben und dann alleine losziehen. Das hatten Krümel und Evi schon immer so gehalten, denn keine von beiden wollte zu spät zur Schule kommen, vor allem Krümel nicht. In ihrem ganzen Schulleben war sie noch kein einziges Mal zu spät dran gewesen. Sie verstand gar nicht, dass man verschlafen konnte. Ihr war das noch nie passiert. Jeden Morgen wachte sie pünktlich fünf Minuten vor dem Klingeln des Weckers auf.

Halb acht! Krümel hielt es nicht mehr aus. Sie schlich zum Telefon und drückte Opas Nummer in die Tasten. Es tutete, tutete noch einmal. Krümel ließ es zehnmal läuten. Opa schlief um diese Zeit längst nicht mehr, das wusste Krümel, und schwerhörig war er auch nicht. Wenn er nicht zu Hause war, konnte das nur bedeuten, dass er Rosine zur Straßenbahn brachte! Dann saß Rosine in der Tram und musste jeden Moment hier sein. Krümel atmete erleichtert auf. Dann hievte sie ihren Ranzen auf den Rücken und zog geräuschlos die Wohnungstür hinter sich zu. Sie würde Rosine an der Haltestelle in Empfang nehmen.

Ach herrje! Krümel blieb für einen Moment auf der vorletzten Treppenstufe stehen. Rosine brauchte ja noch Marlenas Schulmappe!

Zehn nach halb! Krümel hastete aus dem Haus und rannte über die Straße zur Haltestelle. Warum musste die kleine Fee auch so spät kommen!

Gerade bog eine Tram aus Opas Richtung um die Kurve. Klasse, dachte Krümel, da muss Rosine drin sein. Sie baute sich an der Haltestelle auf. Nur drei jüngere Männer und eine alte Frau stiegen aus. Krümel blickte in das Innere des Wagens, lief schnell nach vorne und wieder zurück. Der Wagen war nur halb besetzt. Kaum Kinder und vor allem keine Rosine. Krümel stöhnte und sah zum hundertsten Mal an diesem Morgen auf ihre Armbanduhr.

Viertel vor acht! Wie Krümel das hasste! Nie, nie war sie zu spät gekommen und ausgerechnet an diesem Montagmorgen ging alles schief, aber auch schon alles. Krümel musste in die Schule. Rosine hin oder her!

Panisch setzte sich Krümel mit dem schweren Ranzen in Bewegung. Sie lief die gesamte Strecke durch, raste über die große Kreuzung, obwohl die Ampel auf Rot stand. Sie überholte einige Nachzügler aus den höheren Klassen, die es im Gegensatz zu ihr gar nicht eilig hatten, sondern gemächlich plaudernd dem Schulhof zuschlenderten.

Zwei vor acht! Krümel hatte einen neuen Rekord aufgestellt, als sie dreißig Sekunden vor dem Gong in das Klassenzimmer wischte und sich keuchend auf den Stuhl fallen ließ. Der Platz neben ihr, wo sonst Marlena saß, war natürlich leer.

Evi drehte sich sofort zu ihr um und sah sie fragend an. In diesem Augenblick ertönte der Gong.

»Sie hat's nicht geschafft«, keuchte Krümel.

Evi zog die Brauen bedeutungsvoll in die Höhe und schielte nach links. Erst jetzt bemerkte Krümel, dass Hajo noch seelenruhig neben ihrer Bank stand und sie unverwandt anstarrte. Hajo grinste.

Ach was, dachte Krümel. Was soll er mit der Bemerkung schon anfangen?

»Würdest du bitte Platz nehmen, Hajo?« Frau Lennerts Stimme klang ungeduldig. Sie mochte es überhaupt nicht, wenn die Kinder nach dem Gong noch im Zimmer herumwuselten.

Hajo rannte sofort auf seinen Platz in der letzten Reihe.

»Einen wunderschönen guten Morgen«, krähte Frau Lennert fröhlich und wuchtete ihre schwarze Aktenmappe krachend aufs Pult.

Immer noch atemlos kramte Krümel ihre Deutschsachen aus dem Ranzen und versuchte, sich auf die Verbesserung der Hausaufgabe zu konzentrieren. Aber so ganz gelang ihr das nicht. Sie musste ständig an Rosine denken. Opa hatte die kleine Fee doch ganz sicher zur Straßenbahnhaltestelle gebracht. Vielleicht stand sie in diesem Augenblick völlig verloren vor der Haustür und fragte sich verzweifelt, wo ihre Freundin war. Und Krümel bekam ein schlechtes Gewissen. Warum hatte sie nicht die nächste Straßenbahn abgewartet, dann wäre sie eben mit Rosine zu spät zur Schule gekommen. Es wäre das erste Mal in ihrem Leben gewesen. Anderen passierte das einmal in der Woche und die Welt ging davon auch nicht unter. Man konnte es auch wirklich übertreiben mit dem Pflichtgefühl. Rosine in Empfang zu nehmen war auf jeden Fall wichtiger, als pünktlich in die Schule zu kommen.

Von weit her drang Frau Lennerts Stimme an Krümels Ohr. »Julia, sei so nett, geh ins Sekretariat und frag nach, ob Miriam Heinrich und Marlena Bäumler heute Morgen telefonisch entschuldigt wurden. Wenn nicht, soll Frau Aigner bitte bei ihren Eltern anrufen.«

Krümel riss es fast aus ihrer Bank. Bloß das nicht! Bloß nicht Herrn Bäumler in der Arbeit anrufen und ihn fragen, ob seine Tochter krank sei! Krümel hob den Arm.

Frau Lennert nickte ihr zu.

»Äh, Marlena, also Marlena«, stotterte Krümel, »Marlena ist heute krank. Ich war vorhin bei ihr. Sie, sie fühlt sich nicht ... nicht gut!«

Frau Lennert blickte Krümel durchdringend an und trat ein paar Schritte auf ihre Bank zu. »Und warum hast du das nicht gleich gesagt, Marianne?«, fragte Frau Lennert.

»Weil ich, äh, doch zu spät gekommen bin und noch so durcheinander war, weil es Marlena so ... so schlecht ging und da ...« Krümel hatte sich endgültig verhaspelt.

Frau Lennert lächelte ihr freundlich zu. »Schon gut, Krümel, schon gut. Du brauchst dich nicht aufzuregen. Es ist doch alles in Ordnung. – Julia, du fragst Frau Aigner nur nach Miriam Heinrich. Marlena Bäumler ist entschuldigt!«

Julia nickte und lief aus dem Klassenzimmer, während Krümel leise vor sich hin stöhnte.

»So ein Mist, so ein Mist!«, knurrte Evi in der ersten Pause, nachdem Krümel ihr erzählt hatte, was an diesem Morgen geschehen war. Die beiden Mädchen hatten sich unter die Treppe in den ersten Stock zurückgezogen, weil sie da ziemlich ungestört sein konnten.

»Wenn Rosine jetzt durch die Stadt irrt und sich hoffnungslos verläuft, bin ich schuld!«, seufzte Krümel und biss lustlos in ihren Apfel.

»Krümel, sei nicht albern!«, erwiderte Evi. »Du weißt genauso gut wie ich, dass Rosine keinen Schritt allein macht, wenn sie glaubt, den Weg nicht mehr zu finden. Sie hat doch den Wohnungsschlüssel. Dein Opa hat bestimmt dafür gesorgt, dass sie den mitnimmt. Also ist Rosine schnurstracks über die Straße und in die Wohnung und dort sitzt sie jetzt.« Evi sah in diesem Augenblick nachdenklich vor sich hin. »Das heißt, wenn sie überhaupt mit der Straßenbahn gefahren ist!«

»Natürlich ist sie mit der Straßenbahn gefahren!«, rief Krümel.

»Schscht!«, machte Evi und sah sich um.

Aber die anderen Kinder wuselten im Lichthof herum, ohne von den beiden Mädchen Notiz zu nehmen, die unter dem Treppenaufgang hockten.

»Opa war doch nicht da, als ich anrief. Also hat er Rosine zur Straßenbahn gebracht!«, erklärte Krümel ungeduldig, versuchte jedoch so leise wie möglich zu sprechen.

»Das weißt du doch gar nicht!«, entgegnete Evi. »Er kann

auch nur zum Gartentor gegangen sein und seine Zeitung geholt haben.« Evi kannte sich mit Opas Angewohnheiten genau aus, denn auch sie hatte unzählige Nachmittage in Opas Häuschen verbracht.

Dass Krümel daran nicht gedacht hatte! Aber dann war Rosine vielleicht noch gar nicht da und Marlena saß im Flugzeug nach San Francisco. Spätestens heute Abend würde die Katastrophe perfekt sein, wenn Herr Bäumler und Mama von der Arbeit kamen. »Ich hätte Marlena aufhalten sollen«, knurrte Krümel. »Ich hätte sie nicht fliegen lassen dürfen!«

»Ja, und dann?«, fragte Evi ungerührt. »Dann hätte ihre Mutter einen Riesenterz gemacht, wenn das Töchterchen nicht wie verabredet in San Francisco gelandet wäre. Sie hätte wahrscheinlich ihren geschiedenen Mann angerufen und ihn zur Schnecke gemacht, weil der ja daran schuld sein musste, dass Marlena nicht nach San Francisco darf. Und da wäre die Sache auch aufgeflogen!«

»Oje, oje«, stöhnte Krümel. Sie hatte ja befürchtet, dass die ganze Geschichte schief gehen würde. Aber dass sie gleich am ersten Tag so schief gehen würde, das hatte sie dann doch nicht erwartet.

»Krümel, jetzt reiß dich zusammen. Du weißt, dass Rosine zuverlässig ist. Wahrscheinlich hat dein Opa Recht und unsere Fee hat die irdische Zeitrechnung nicht im Griff. Sie taucht bestimmt auf, wir müssen nur die Zwischenzeit überbrücken!«

Nur, wie?, fragte sich Krümel.

»Du rufst in der zweiten Pause bei Bäumlers und bei Opa an. Dann wirst du schon sehen, ob sich Rosine herbeigezaubert hat«, flüsterte Evi.

In diesem Augenblick tauchte Hajos Kopf zwischen den beiden Mädchen auf. Er hatte sich von hinten an sie herangeschlichen. Die Freundinnen fuhren erschrocken auseinander.

»Verpiss dich!«, blaffte Evi ihn an.

Hajo grinste breit und hob entgegen seiner sonstigen Gewohnheiten beschwichtigend beide Hände. Evi hatte eher erwartet, dass er ihr eine scheuern würde, und war deshalb mit geballten Fäusten in Verteidigungsstellung gegangen. Hajo zuckte noch mit den Schultern und verschwand im Klassenzimmer.

»Was ist denn mit dem los?«, brummelte Evi.

Auch Krümel war Hajos Verhalten nicht geheuer. Aber was konnte der Junge schon mit den Gesprächsfetzen anfangen, die er vielleicht aufgeschnappt hatte? Und Krümel erinnerte sich an Marlenas Warnung. Evi und Krümel mussten Rosine möglichst weit von Hajo entfernt halten, wenn sie da war. Ja, wenn!

In der zweiten Pause nahm Krümel Marlenas Mobiltelefon mit und verdrückte sich mit Evi auf die Mädchentoilette. Das war mit Sicherheit der einzige Ort, an den sich Hajo nicht wagen würde.

Krümel wählte Herrn Bäumlers Nummer. Zehnmal ließ sie

es klingeln, aber niemand hob ab. Rosine ist also doch nicht mit der nächsten Straßenbahn gekommen, dachte Krümel und ihre Gewissensbisse waren nicht mehr ganz so heftig. Anschließend rief sie bei Opa an, doch auch der ging nicht ans Telefon. »Wo ist der denn?«, rief Krümel ungehalten. »Der kann doch nicht den ganzen Tag die Zeitung vom Gartentor holen!«

Evi schüttelte den Kopf. Dafür hatte sie jetzt auch keine Erklärung. Sie blickte aus dem kleinen Toilettenfenster. »Das Wetter ist gar nicht schlecht«, sagte sie. »Windig, aber klar. Und die Sonne scheint auch. Vielleicht ist er mit Aloisius spazieren gegangen!« Es klang allerdings nicht sehr überzeugt.

Viertes Kapitel,

in dem nicht nur Opa eine Überraschung erlebt

Nach der Schule machte sich Krümel sofort auf den Weg zu Opa. Da musste sie sowieso hin. Schließlich war Montag und Mama hatte in dieser Woche Spätschicht.

Die Mädchen blieben unterwegs kurz in einer Einfahrt stehen und Krümel rief noch einmal bei Herrn Bäumler und dann bei Opa an. Aber niemand meldete sich.

Evi bugsierte Krümel zur Straßenbahnhaltestelle und redete beruhigend auf sie ein. Gerne hätte sie Krümel begleitet, weil sie schließlich wissen wollte, wo Rosine abgeblieben war und was mit Krümels Opa los war. Aber sie hatte ihrer kleinen Schwester versprochen mit ihr am Nachmittag Diktat zu üben.

Krümel hätte die Straßenbahn am liebsten angeschoben. Die fuhr ihr viel zu langsam. Als die Tram endlich in die Endstation einfuhr, sprang Krümel sofort aus der Tür und rannte zu Opas Häuschen. Sie konnte sich an keinen Tag erinnern, an dem sie mit dem schweren Ranzen auf dem Rücken so viel gelaufen war.

Krümel bog in Opas Straße ein und ihr war, als höre sie Schritte hinter sich. Erschrocken blieb sie stehen und drehte sich um. Aber da war niemand. Sie wunderte sich über sich selbst. Es war helllichter Tag und falls doch jemand hinter ihr gegangen war, was sollte der von ihr wollen? Wahrscheinlich ein Spaziergänger oder eine Frau, die ihre Einkäufe heimschleppte. Krümel setzte sich wieder in Bewegung. Noch bevor sie das Gartentor erreicht hatte, hörte sie Opas Stimme. Wunderbar, wunderbar, wenigstens Opa ist zu Hause, dachte Krümel. Sie warf mit Schwung ihre Schultasche über das eiserne Tor und dann zog sie sich daran hoch.

Opa stand ganz hinten in seinem Garten am Zaun zum Nachbargrundstück vor den Johannisbeerbüschen. Aloisius sprang um ihn herum.

Krümel ließ sich auf der Gartenseite auf den gepflasterten Weg plumpsen und lief auf Opa zu. Der drehte sich um und rief ihr zu, dass alles in bester Ordnung sei.

Und jetzt sah Krümel auch Rosine. Sie war noch in ihrer Feenkleidung und hielt den Zauberstab in der Hand. Krümel flog auf Rosine zu und umarmte sie. Sie war so froh die kleine Fee zu sehen. Dann erzählte Krümel, was an diesem Morgen alles passiert war, und fragte Opa mehrmals, wo er den ganzen Vormittag gesteckt habe.

»Langsam, langsam«, lachte Opa. »Beruhig dich doch, Krümel. Es ist doch alles paletti. Es tut mir ja Leid, dass du mich nicht erreicht hast. Aber ein bisschen Ausgang wirst du deinem alten Großvater schon noch gönnen. Heute Morgen bin ich vor acht aus dem Haus und hab eingekauft, weil ihr beide ja was zu essen wollt, nicht? Als ich zurückkam, war Rosine gerade gelandet. Und da haben wir die Terrasse hergerichtet. Und hier draußen hör ich das Telefon beim besten Willen nicht, das weißt du doch!«

Krümel nickte und blickte zum Haus. Unter dem Vordach standen Tisch und Stühle, die Opa schon für den Winter im Schuppen eingemottet hatte. Die Gartenmöbel hatte er also mit Rosine wieder hervorgezerrt, damit sie noch einmal im Freien essen konnten.

Dann fiel Krümels Blick auf Rosine, die immer noch in ihrem blauen Feenkleid dastand. Ihr Stab war zur vollen Länge ausgefahren und schillerte zauberhaft vor sich hin.

»Und was sollte das werden?«, fragte Krümel misstrauisch.

Rosine zuckte mit den Schultern und blickte in den tiefblauen Himmel, über den weiße Wattewolken jagten, die an den Rändern etwas zerfasert waren.

Opa seufzte leise, nahm die Brille ab und begann sie mit einem riesigen weißen Taschentuch zu putzen. »Ach, Krümel«, brummelte er. »Das ist doch überhaupt nicht tragisch. Hier sieht uns doch sowieso niemand. Das Unkraut unter den Johannisbeerbüschen ist im Sommer so ausgewuchert, dass es einfach wegmuss. Und da mir das Bücken schwer fällt, da hab ich halt Rosine gebeten, dass sie mir das Kraut wegzaubert.«

Krümel betrachtete die Johannisbeerbüsche, zwischen denen tatsächlich allerlei wuchs, hohe Gräser, Löwenzahn und sonstige Pflanzen, die sie nicht kannte. Und sie konnte sich schon vorstellen, dass es Opa, dick und schwer, wie er war, alles andere als leicht fiel, zwischen den Sträuchern auf der Erde herumzukriechen. Sie blickte sich im Garten um. Überall standen hohe Bäume und entlang der Zäune wuchsen dichte Büsche. Von dort konnte man Opas kleines Haus gar nicht sehen. Und von der Straße aus? Krümel wandte den Kopf zum Gartentor. Da schien ihr, als verschwinde gerade ein blonder Haarschopf hinter dem Zaun! Krümel trat einen Schritt auf den gepflasterten Weg. Aber vorne auf der Straße war niemand. Was ist bloß heute mit mir los?, fragte sich Krümel. Ich seh doch sonst keine Gespenster. Sie schüttelte den Kopf. Die Aufregung, dachte Krümel, das kommt von der Aufregung.

»Ist was, Krümel?«, fragte Opa besorgt.

»Nein, nein«, sagte Krümel schnell. »Also los! Dann fangt doch mal an mit eurem Unkrautzauber.«

Opa strahlte und pfiff Aloisius zurück, der ausgerechnet jetzt die Johannisbeerbüsche hochinteressant fand.

»Also, Rosine«, erklärte Opa, »dieses ganze Zeug da unter den sechs Sträuchern, das muss weg! Lass es einfach verschwinden, ja?«

»Klar«, antwortete Rosine. »Nichts leichter als das!«

Krümel verdrehte die Augen. Den Spruch kannte sie. Und Sekunden später hatte es regelmäßig eine Katastrophe gegeben, zumindest dann, wenn Rosine etwas herbeizaubern sollte. Aber vielleicht war es beim Wegzaubern ja anders.

Der Zauberstab in Rosines Hand begann in allen Farben zu schillern. Anders als sonst sprühten keine blauen, roten, grünen, goldenen und silbernen Sternchen daraus hervor, sondern eine Art Wirbelwind. Der hatte etwa einen Durchmesser von einem Meter und kroch länger und länger werdend auf die Johannisbeerbüsche zu.

Er hatte einen solchen Sog, dass Krümel fast umgeblasen wurde und sich an Opa festhalten musste. Der brummte, weil er gleichzeitig seine beigefarbene Kappe auf dem Kopf zu behalten versuchte.

Auch Rosine hatte Probleme mit dem Gleichgewicht. Sie stemmte sich mit aller Kraft gegen ihren Stab, den sie mit beiden Händen angestrengt umklammerte.

Der gewundene Luftstrahl schluckte das Unkraut unter den Johannisbeerbüschen weg. Dabei hüllte er alles ein, sodass Krümel auch die Johannisbeersträucher nicht mehr sah. Der Wind drehte sich im Kreis und blies lautstark vor sich hin. Krümel schloss die Augen. Es war ihr leicht schwindelig.

»Halt, das reicht!«, schrie Opa.

Als Krümel die Augen öffnete, hatte die riesige Windschlange alle Johannisbeerbüsche verhüllt und fraß sich in die Fliedersträucher hinein, die im Frühjahr wunderschön violett blühten. Krümels Augen tränten vom Wind.

Rosines Arme zitterten vor Anstrengung. Sie schrie gegen das Sausen des Wirbelwinds an. Der drehte sich weiter im Kreis. Rosine brüllte lauter, aber Krümel verstand keine Silbe.

Dann erstarb das Tosen und Rosine fiel nach hinten ins Gras, weil die Kraft, der sie sich entgegengestemmt hatte, plötzlich nicht mehr da war. Die Fee wischte sich den Schweiß von der Stirn und stöhnte leise.

Opa trat einen Schritt näher an die Stelle heran, die Rosine mit ihrem Unkrautzauber bearbeitet hatte, er sah ja schlecht. Aber so schlecht auch wieder nicht, dass er seine Johannisbeerbüsche nicht gesehen hätte, wenn die noch da gewesen wären. Waren sie aber nicht! Sie waren weg, einfach weg – wie das Unkraut. Und stattdessen wuchs dort ein gepflegter dun-

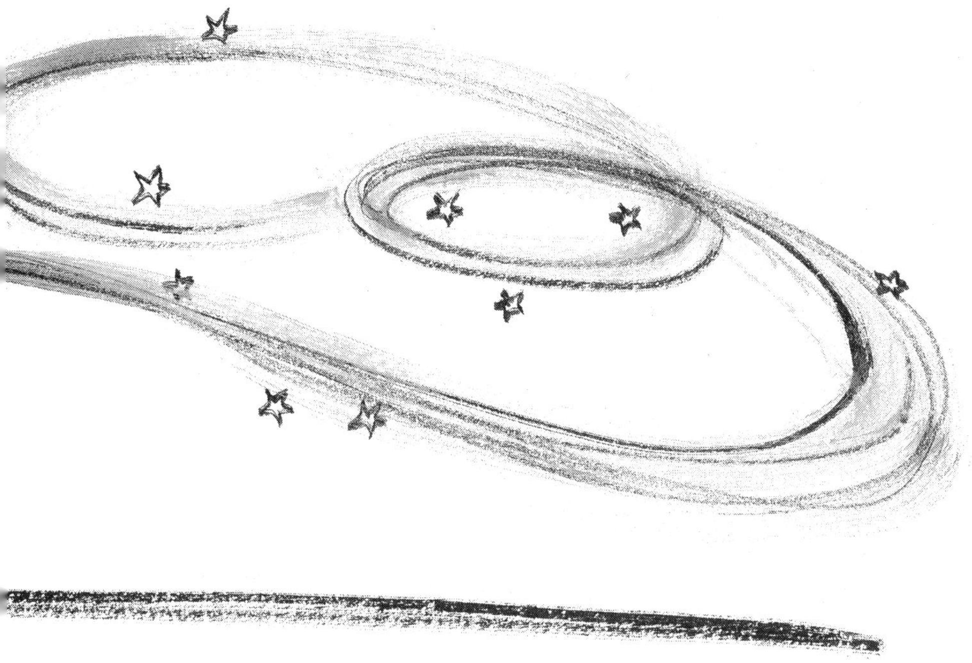

kelgrüner Rasen. Opa hatte in seinem ganzen Leben noch keinen solchen Bilderbuchrasen hinbekommen. Er sah aus wie aus einer englischen Gartenzeitung.

»Ja, du lieber Herr Gesangsverein!«, brummte Opa und starrte bekümmert auf den Fleck am Zaun, auf dem noch vor zwei Minuten seine geliebten Johannisbeerbüsche gestanden hatten.

»Ach du Scheiße«, entfuhr es Krümel, die sehr gut wusste, dass Opa Johannisbeeren sehr mochte und sich jeden Sommer auf die Ernte freute.

Rosine wischte sich mit der Hand über das Gesicht – Feen haben keine Taschentücher, sie geraten kaum ins Schwitzen – und rappelte sich hoch. »Bei meinem Zauberstab und allen Wetterhexen!«, murmelte sie und blickte schuldbewusst zuerst auf den Bilderbuchrasen und danach zu Opa hoch. »Da ist was schief gelaufen«, fügte sie kleinlaut hinzu.

Opa zog sein riesiges weißes Taschentuch heraus und reichte es der kleinen Fee. Er betrachtete noch einmal das dunkelgrüne Gras zu seinen Füßen und schließlich Rosine, die sich mit dem Taschentuch im Gesicht herumfuhr. Dann begann er zu lachen. »Ja«, prustete Opa, »so ganz gelungen ist die Sache nicht. Aber dieser Rasen, Rosine, dieser Rasen, der ist wirklich einsame Spitze. So was hab ich bisher nur gemalt gesehen. Das gibt's in der Wirklichkeit gar nicht!«

Rosine lächelte verzagt. »Vielleicht könnte ich ...«

»Nein, nein«, sagte Opa schnell, als er Krümels Blick bemerkte. »Jetzt essen wir endlich. Sonst sind die Dampfnudeln verkohlt!«

Bei dem Wort *Dampfnudeln* strahlte auch Krümel.

»Und das da«, flüsterte Opa Rosine zu und zeigte auf den Bilderbuchrasen. »Das regeln wir zwei beide ein andermal!« Er zwinkerte der kleinen Fee zu.

Krümel hatte sehr wohl alles gehört, weil Opa nicht richtig flüstern konnte, aber sie reagierte nicht. Es hatte eh keinen Sinn, Opa irgendetwas auszureden. Außerdem hatte Krümel nur noch Hunger.

Zehn Minuten später stand die Mehlspeise auf dem Tisch und Krümel schaufelte Löffel um Löffel in sich hinein, bis sie glaubte zu platzen. Dann schob sie ihren Teller weg und trank noch einen Schluck Milch. Da fiel ihr Blick auf Rosine. Die hatte noch immer ihr blaues Feenkleid an und steckte sich gerade genussvoll einen Löffel Vanillesoße in den Mund.

»Sag mal, wo warst du eigentlich die ganze Zeit? Du solltest gestern Abend hier ankommen!«, sagte Krümel vorwurfsvoll.

Rosine hielt den Löffel mit Vanillesoße in der Hand und sah Krümel schuldbewusst an.

»Ach, Krümel!«, rief Opa. »Jetzt lass Rosine in Ruhe essen. Sie ist doch hier. Das ist die Hauptsache! Sie kommt eben mit unserer Zeitrechnung nicht ganz klar!«

»Genau«, sagte Rosine und schleckte den Löffel ab.

Aber Krümel fand, das »Genau« klang nicht so, als ob die Verspätung genau so zu erklären sei. Das würde sie später schon noch herausbekommen. »Ich mach jetzt Hausaufgaben!«, erklärte sie.

»Klasse!«, rief Rosine begeistert. »Ich helf dir!«

»Nix«, erwiderte Krümel. »Du ziehst dich jetzt endlich um. Wenn du pünktlich da gewesen wärst, könntest du deine eigenen Hausaufgaben machen!«

Rosine verschwand maulend in Opas Häuschen. Opa stellte die Teller zusammen. Krümel wollte helfen, doch ihr Großvater winkte ab. Sie solle nur Hausaufgaben machen. Opa hob den Geschirrstapel hoch, dann setzte er ihn wieder ab.

»Was ist los?«, fragte Krümel.

Opa fingerte an seiner beigefarbenen Kappe herum, nahm sie ab, setzte sie wieder auf. »Ich fürchte, ich habe heute Morgen was verpatzt. Rosine hätte Jupp in der Arbeit anrufen und ihm sagen können, dass sie krank sei. Sie war ja schon gegen neun hier. Das hätte die Sache vereinfacht!«

Krümel nickte. Allerdings hätte es das.

Opa fuhr fort: »Jetzt müsst ihr auf jeden Fall früh los, damit ihr Jupp nicht in die Arme lauft, wenn der von der Arbeit nach Hause kommt. Sonst könnt ihr nicht ohne weiteres erklären, wieso Marlena so krank war, dass sie nicht in die Schule gehen konnte.« Opa grinste bei dem Gedanken, dass eine quietschfidele Rosine ihrem vermeintlichen Vater im Treppenhaus erzählen musste, dass sie zwar zu krank für die Schule gewesen sei, sich aber den ganzen Nachmittag in Opas Garten herumtreiben konnte.

Krümel fand das alles nicht ganz so komisch, baute ihre Hefte und Bücher auf und machte sich an die Hausaufgaben. Rosine sprang herbei, jetzt in Jeans und Pullover, und half. Krümel ließ sie gewähren. Rosine musste sich sowieso wieder einarbeiten. Nach einer Viertelstunde wurde es den beiden draußen aber doch zu kalt. Zwar schützte das Vordach gegen den Wind, aber die Sonne verschwand immer häufiger hinter den Wolken und dann kühlte die Luft sehr schnell ab.

Als Krümel die letzte Zeile der Englischaufgabe geschrieben hatte, klappte sie die Hefte zu und machte sich mit Rosine sofort auf den Nachhauseweg. Die kleine Fee schulterte Krümels Ranzen. Sie trug zu gerne menschliche Behältnisse. Im Feenreich gibt es nämlich weder Beutel noch Taschen, weil Feen nie etwas transportieren müssen. Schließlich können sie sich alles, was sie brauchen, herbeizaubern. Krümel war Rosine sehr dankbar, sie hatte das schwere Ding an diesem Tag lange genug im Galopp durch die Gegend geschleppt.

Fünftes Kapitel,

in dem Rosine Erstaunliches aus dem Feenreich erzählt

»Na«, sagte Krümel, als sie mit Rosine in der Straßenbahn saß, »wie war das jetzt? Warum bist du zu spät gekommen? Hast du wirklich die irdische Zeitrechnung nicht im Griff?«

Rosine schüttelte den Kopf und sah aus dem Fenster. Der Wind fegte noch stärker durch die Straßen und wirbelte gelbe Blätter hoch. »Das ist eine lange Geschichte«, seufzte die kleine Fee. »Ich bin froh, dass ich es überhaupt geschafft habe, hierher zu kommen.«

Krümel betrachtete Rosine besorgt, die in ihrer Menschenkleidung zusammengesunken dasaß.

»Du weißt, dass die Feenzeremonienmeisterin Fragale über meinen Ausflug im Frühjahr nicht besonders begeistert war. Nach meiner Rückkehr wurde mir tatsächlich der Prozess gemacht wegen eines Verstoßes gegen das Große Gesetz zur Anwendung zauberischer Fähigkeiten.«

»Ach, du ahnst es nicht!«, rief Krümel, senkte dann aber sofort die Stimme, als sich eine alte Frau zu den Mädchen umdrehte. »Warum hast du nichts davon erzählt? Ich hab immer gedacht, die Sache sei gut ausgegangen!«

Rosine zuckte mit den Schultern. »Sie ist ja auch gut ausgegangen. Ich wollte euch nicht beunruhigen. Nur konnte ich die ersten Wochen gar nicht in die Menschenwelt, weil ich ja angeklagt war und ständig unter Fragales Aufsicht stand. Die Wetterhexe Aurelia sagte vor dem Feengericht für mich aus und bestätigte, dass ich den natürlichen Ablauf in einer anderen Welt nicht durcheinander gebracht hätte. Daraufhin wurde ich von den Feen freigesprochen.«

»Puh«, machte Krümel. »Dann ist ja alles in Ordnung!«

»Schön wär's«, murmelte Rosine und sah gedankenverloren aus dem Fenster.

Dann gab sie sich einen Ruck und erzählte weiter. Das, was sie Krümel jetzt sagen musste, warf kein gutes Licht auf das Feenreich und Rosine hätte es gern für sich behalten. »Weißt du, Krümel, Wetterhexen sind im Feenreich nicht wohlgelitten. Sie sind in der Menschenwelt normalerweise unsichtbar, wie du weißt, im Feenreich aber nur bedingt. Eine Fee spürt, wenn eine Wetterhexe in der Nähe ist, das macht die arme Hexe sichtbar. Dann schnippt die Fee mit den Fingern und die Wetterhexe wird aus dem Feenreich geworfen.«

Krümel war baff, das klang ja gar nicht feenhaft. »Ja, warum denn?«, rief sie und die alte Frau vor ihnen drehte sich schon wieder um.

»Tja«, murmelte Rosine. »Wetterhexen wechseln die Welten so schnell, wie sich Feen neue Feenpaläste zaubern. Und das Weltenwechseln ist bei Feen gar nicht beliebt. Einzige Ausnahme ist die Märchenwelt, da landen wir zu Prüfungszwecken, aber alles andere ist tabu. Und weil die Wetterhexen zwischen den Welten herumfliegen, erinnern sie uns daran, dass es noch andere Welten gibt. Doch das wollen die Feen gar nicht wissen, deshalb reagieren sie so. Und außerdem …« Rosine blickte wieder aus dem Fenster und hätte am liebsten gar nichts mehr erzählt.

»Ja?«, fragte Krümel gespannt.

»Und außerdem«, seufzte Rosine, »sind manche Wetterhexen ehemalige Feen. Sie konnten nicht gut genug zaubern und sind zu Wetterhexen geworden.«

»Ach herrje!«, rief Krümel, die sofort begriff, was das mit Rosine zu tun hatte. Denn die kleine Fee konnte ja auch nicht gut zaubern und war im November durch die letzte Prüfung gefallen. Krümel wagte nicht zu fragen, ob sich Rosine ein Dasein als Wetterhexe vorstellen konnte oder ob das für sie so schlimm war wie für Menschen, die ein Leben lang einen Beruf ausüben müssen, den sie nicht ausstehen können.

»Aber wie war das mit Aurelia, als sie Zeugin im Prozess war? Sie hätte doch gar nicht im Feenreich sein dürfen!«, fragte Krümel.

»Als Zeugin war sie geschützt«, berichtete Rosine weiter. Jetzt ging es leichter, das Schlimmste hatte sie hinter sich. »Die Feen rührten sie natürlich nicht an. Aber sobald das Urteil gefällt war, erklärte Fragale, dass Aurelias Status als Zeugin aufgehoben sei. Und ehe irgendjemand etwas dagegen tun konnte, schnippte Fragale mit den Fingern und die nichts ahnende Aurelia erhielt einen Faustschlag ins Gesicht, dass sie aus dem Feenreich gefegt wurde.«

»Also, das ist doch eine Gemeinheit!«, rief Krümel empört.

Diesmal drehte sich die alte Frau nicht um, sie war zwei Stationen vorher ausgestiegen.

Rosine nickte. »Ja, das sahen die anderen Feen genauso. Und seitdem ist Fragales Ansehen sehr gesunken. Sie ist nicht mehr sonderlich beliebt. Und in ihren Augen bin ich daran schuld. Und nicht nur daran!«

»Ja, woran denn noch?«, fragte Krümel.

Aber Rosine gab keine Antwort mehr. Die beiden mussten aussteigen und Rosine versprach weiterzuerzählen, wenn sie oben in Herrn Bäumlers Wohnung seien.

Marlenas Vater war zum Glück noch nicht zu Hause, es war auch erst halb fünf. Krümel machte sich zuerst daran, die Schulmappen für Dienstag vorzubereiten. Dann packte sie Rosine auf das Sofa und legte eine Wolldecke über sie. »Versuch mal, ein bisschen krank auszusehen«, befahl Krümel.

Rosine schnitt Grimassen. Sie plusterte die Backen auf, bis das Gesicht der kleinen Fee einem Hamster glich, und zog die Wangen in die Mundhöhle, bis die Lippen vorne schnabelartig wurden. Aber krank sah sie davon nicht aus, höchstens ein bisschen gaga.

Krümel lachte. »Nein, so wird das nichts! Welche Krankheit willst du denn haben?«

Rosine überlegte, während Krümel in Herrn Bäumlers

Küche ging und Tee kochte. Man musste Rosines Krankheit ja möglichst realistisch gestalten.

Außer Schnupfen hatte Rosine noch keine menschliche Krankheit gehabt und wahrscheinlich würde sie auch keine mehr bekommen. Aber sie hatte es immer sehr spannend gefunden, wenn die Kinder in der Schule von ihren Wehwehchen erzählt hatten. »Mir ist schlecht!«, schrie sie deshalb fröhlich in die Küche. Schlechtsein fand die kleine Fee am aufregendsten. Sie konnte sich darunter nämlich überhaupt nichts vorstellen.

»Na schön!«, rief Krümel aus der Küche. »Dann mach ich dir Kamillentee. Den muss man trinken, wenn man sich den Magen verdorben hat!«

Rosine hatte sich noch nie den Magen verdorben, sie aß alle irdischen Gerichte mit großer Begeisterung und in riesigen Mengen.

»Heute Abend bekommst du wahrscheinlich was Magenschonendes zu essen!«, rief Krümel, während sie darauf wartete, dass der Kamillentee die richtige Farbe bekam.

»Au ja!«, brüllte Rosine begeistert und hüpfte auf dem Sofa auf und ab.

»Haferbrei!«, schrie Krümel aus der Küche und kicherte ein bisschen schadenfroh. Krümel hasste Haferbrei und sie glaubte nicht, dass es auch nur einen Menschen gab, der die Pampe gerne aß. Vielleicht sollte sie Rosine eine andere Krankheit empfehlen. Aber Schlechtsein war wahrscheinlich die beste

Idee, das konnte man am wenigsten nachprüfen. Und es war auch nicht ungewöhnlich, dass es nach einem Tag verschwunden war. Auch bekam man keine Medikamente. Wer wusste schon, wie die kleine Fee auf irdische Medizin reagieren würde?

»Hier, trink mal«, sagte Krümel und hielt Rosine eine Tasse mit Kamillentee unter die Nase. »Aber Vorsicht, er ist noch heiß.«

Rosine blies in den Tee, das hatte sie Krümels Opa abgeguckt. »Zucker?«, fragte sie.

Krümel schüttelte den Kopf. »Man kriegt keinen Zucker, wenn einem schlecht ist!«

Rosine nickte ergeben. Sie wollte alles richtig machen, also keinen Zucker. Mit gespitzten Lippen nahm sie einen kleinen Schluck und verzog das Gesicht. »Das ist aber gar nicht gut«, sagte sie erstaunt.

Es war das erste menschliche Nahrungsmittel, das ihr nicht schmeckte.

»Na ja«, sagte Krümel, »da musst du jetzt durch.«

»Schlechtsein ist dann aber gar nicht so gut«, murmelte Rosine enttäuscht.

»Nein«, gab Krümel zu. »Aber da kann man jetzt nichts machen. Der Haferbrei wird dir auch nicht schmecken. Wenn einem schlecht ist, isst man sowieso nicht viel. Hunger wirst du wohl keinen haben, schließlich hast du fünf Dampfnudeln bei Opa gegessen. Da wirst du es schon bis morgen früh aushalten.«

»Ganz bestimmt«, beteuerte Rosine. Dann fiel ihr die Geschichte ein, die sie Krümel nur bis zur Hälfte erzählt hatte. »Wo war ich stehen geblieben?«, fragte die kleine Fee.

»Fragale hat Aurelia aus dem Feenreich geohrfeigt und du bist jetzt schuld daran, dass Fragale nicht mehr so beliebt ist. Und an irgendwas anderem bist du auch noch schuld, aber das konntest du mir nicht mehr sagen«, antwortete Krümel.

»Ja«, sagte Rosine. »Das hat was mit den Zauberkugeln zu tun.«

Krümel wusste zwar, dass Rosine eine Zauberkugel brauchte, um in die Menschenwelt zu kommen, aber sonst konnte sie sich nichts darunter vorstellen. »Sag mal, was können denn diese Zauberkugeln eigentlich?«, fragte sie.

Rosine lächelte. »Eine ganze Menge. Aber sie gelten als

veraltet. Das, was früher die Kugeln konnten, das können jetzt unsere Computer. Die meisten Feen arbeiten nicht mehr mit den Zauberkugeln. Ich hab meine von meiner Großmutter Seesane zum fünften Geburtstag bekommen. Mit der Kugel kann man nämlich in andere Welten hineinsehen. Das hab ich schon immer sehr spannend gefunden. Und mit ihr kann ich den Weg in die Menschenwelt berechnen. So bin ich das erste Mal im Frühjahr hierher gekommen und so mache ich das jetzt auch. Ich habe mir eine automatisierte Hin- und Rückflugschneise eingerichtet. Seitdem klappt es hervorragend.«

Krümel versuchte sich ein Grinsen zu verkneifen, weil sie an Rosines ungewöhnliche Landeplätze in Opas Garten denken musste.

Die kleine Fee bemerkte Krümels Gesichtsausdruck. »Na ja«, brummte sie. »Das ist nur die Feinabstimmung. Für den Hinweg brauch ich die Zauberkugel und den Zauberstab und für den Rückweg nur den Zauberstab. Wenn ich von Opas Häuschen starte, lande ich automatisch in Mamas Feenpalast. Inzwischen eine ganz einfache Übung.«

So weit hatte Krümel alles verstanden. »Und wieso bist du jetzt an irgendwas schuld, was mit den Zauberkugeln zu tun hat?«

Rosine nahm noch einen Schluck Tee. »Ja, das ist eine seltsame Sache«, murmelte die kleine Fee. »Seit ein paar Wochen drehen die Zauberkugeln durch.«

»Wie drehen denn Zauberkugeln durch?«, fragte Krümel.

»Na ja, die haben sich irgendwie selbstständig gemacht«, erklärte Rosine. »Jetzt schießen sie wie wild gewordene Kugelblitze quer durch das Feenreich. Sie schlagen in die Feenpaläste ein, in die Blumenrabatten oder in die kleinen Seen. Zum Glück ist noch niemandem eine Kugel auf den Kopf gefallen. Fragale und die anderen Feen haben natürlich versucht die Dinger zu stoppen, aber das ist ihnen nicht gelungen. Und Fragale behauptet jetzt, das hat was mit meinen Reisen in die Menschenwelt zu tun.«

»Mir kommt das seltsam vor«, sagte Krümel nachdenklich. »Fragale wollte doch noch nie, dass du hierher kommst. Und da konnte ihr doch nichts Besseres passieren, als dass die Kugeln durchdrehen. So kann sie dir verbieten zu uns zu reisen. Sie hat dir das verboten, nicht wahr?«

Rosine nickte.

»Vielleicht hat sie die Kugeln sogar selbst verzaubert«, überlegte Krümel.

»Das hab ich mir auch schon gedacht«, murmelte Rosine. »Aber diese wild gewordenen Kugeln veranstalten ein richtiges Tohuwabohu. Ich kann mir nicht vorstellen, dass sich Fragale freiwillig irgendwelche Kugeln um den Kopf pfeifen lässt. Und außerdem sind Zauberkugeln wie Zauberstäbe selbst Zaubergeräte und können durch Zaubersprüche nicht gesteuert werden. Eine Fee, die ihren Zauberstab oder ihre Kugel will, muss hingehen und sie in die Hand nehmen.

Sie kann sich die Geräte nicht herbeischnipsen. Das geht nicht!«

Krümel überzeugte das nicht so recht. Sie hatte nie begriffen, nach welchen Gesetzen das Feenreich funktionierte. Sie sah da einfach keine Logik. Aber das konnte sie wohl nicht, sie war ja ein Mensch. »Und du bist zu spät gekommen, weil deine Kugel auch durchgedreht ist?«, fragte Krümel.

»Nein, nein! Meine lag brav auf ihrem Samtkissen und rührte sich nicht. Aber Fragale gab den Befehl, dass jede Fee ihre Zauberkugel abgeben muss. Und kurz bevor ich zu euch wollte, ist Fragale aufgetaucht, direkt in Mamas Feenpalast, und hat meine Kugel gefordert. Das gab dann eine endlose Diskussion, weil Mama sich weigerte die Kugel herauszurücken. Schließlich stellte meine Kugel ja nichts an! Dann kamen noch andere dazu, bis Mamas Palast voll mit Feen war. Selbst meine Großmutter Seesane erschien. Du kannst dir gar nicht vorstellen, wie lange sich Feen über irgendwas unterhalten können.«

Krümel konnte es sich schon vorstellen. Sie musste nur an Mama und ihre Freundinnen denken. Die konnten auch stundenlang tratschen.

»Jedenfalls gab das Auftauchen meiner Großmutter den Ausschlag. Weil sie erklärte, dass sie ihre Kugel nicht abgebe und ihre Enkelin müsse das auch nicht tun. Und so durfte ich die Kugel behalten. Fragale war natürlich stocksauer und zog missmutig ab. Mama und meine Großmutter meinten dann, das Beste sei, wenn ich Fragale für einige Zeit nicht mehr unter die Augen komme. Deshalb haben sie mir erlaubt zu euch zu reisen, obwohl es Fragale verboten hatte.«

»Und glaubst du nicht, dass Fragale versucht dich zurückzuholen?«, fragte Krümel.

Rosine zuckte mit den Schultern, trank einen Schluck Kamillentee und verzog das Gesicht. »Das kann ich mir nicht vorstellen. Dazu müssten die Feen die Route berechnen. Das geht zwar mit den Computern, aber die Geräte sind nicht auf die Menschenwelt programmiert. Man kann also nicht in die Menschenwelt hineinsehen und so die Berechnungen anstellen. Das geht nur mit den Zauberkugeln und die meisten sind im Moment nicht zur Zusammenarbeit bereit.« Rosine grinste.

»Und wenn du zauberst?«, fragte Krümel. »Sehen dich die Feen dann auf dem Bildschirm?«

Rosine schüttelte wieder den Kopf und schluckte weiter tapfer den Kamillentee. »Nein, nur wenn ich einem Wesen drei Wünsche freistelle. Habe ich die erfüllt, macht es zack!, und ich stehe vor dem Feenregierungspalast direkt unter den stahlblauen Augen Fragales!« Und Rosine verzog wieder das Gesicht, aber nicht nur, weil der Kamillentee so scheußlich schmeckte.

Krümel brummte nachdenklich vor sich hin. Sie war sich da nicht so sicher, dass Fragale die kleine Fee nicht zurückholen konnte. Wenn Rosine es schaffte, in die Menschenwelt zu

kommen, dann fand die Zeremonienmeisterin sicher auch einen Weg, um Rosine zurückzukatapultieren. Aber womöglich liegt ihr gar nichts daran, die kleine Fee wieder im Feenreich zu haben, überlegte Krümel. Die hat im Moment wahrscheinlich andere Sorgen. Andererseits, dachte sie weiter, vielleicht gibt es doch einen Grund für Fragale, Rosine zurückzuholen. »Und deine Prüfung?«, fragte sie deshalb. »Was ist eigentlich mit deiner Prüfung, durch die du im letzten November gefallen bist?«

Rosine druckste eine Weile herum. »Na ja«, sagte sie schließlich und pustete in ihren Kamillentee, obwohl der schon längst kalt war. »Zunächst herrschte ja im Feenreich große Aufregung, weil ich dieses Niesdings eingeschleppt habe …«

»Schnupfen!«, verbesserte Krümel.

»Ja, und im Frühjahr war ich drei Monate lang hier, da konnte ich schlecht im Feenreich geprüft werden.« Rosine grinste. »Und in den letzten Monaten waren die Feen mit dem Prozess beschäftigt. Eigentlich hätte ich die Prüfung in diesen Tagen zum zweiten Mal ablegen sollen, aber da drehten unsere Zauberkugeln durch.«

»Aha«, sagte Krümel, der gar nicht wohl war bei Rosines Erklärungen. In der Menschenwelt war es schließlich auch nicht üblich, eine Prüfung fast ein Jahr vor sich herzuschieben. Sie konnte sich vorstellen, dass Fragales Laune sich dadurch auch nicht gebessert hatte und dass dies sehr wohl ein Grund dafür sein konnte, Rosine zurückzuholen. »Und Aurelia?«, fragte Krümel noch. »Was ist eigentlich mit Aurelia passiert?«

Rosine seufzte, trank Kamillentee und sah fast so aus, als ob sie wirklich krank sei. »Ich habe Aurelia nicht mehr gesehen, seit Fragale sie aus dem Feenreich geworfen hat. Auch mit

Hilfe der Zauberkugel hab ich keinen Kontakt zu ihr aufnehmen können.« Rosine schwieg.

Nun hörte auch Krümel ihn, den Schlüssel in der Wohnungstür. Jupp Bäumler war zurück. Jetzt mussten die beiden Mädchen Rosines vermeintlichem Vater erklären, dass seine Tochter an diesem Vormittag zu krank gewesen war, um in die Schule zu gehen.

Sechstes Kapitel,

in dem Rosine unvorsichtig ist

»Ich hab drei Teller Haferbrei gegessen!«, rief Rosine begeistert, als sie am nächsten Morgen mit Krümel in die Schule lief.

»Was?«, schrie Krümel. »Was hast du?«

»Drei Teller Haferbrei gegessen«, wiederholte Rosine ungerührt. »Der war gut, der Haferbrei. Wirklich sehr gut!«

Krümel verzog angewidert das Gesicht. »Meine Güte, Rosine«, stöhnte sie. »Du hast doch behauptet, dir sei schlecht. Man kann nicht den ganzen Tag krank auf dem Sofa liegen – so krank, dass man nicht in die Schule geht –, aber am Abend drei Teller Haferbrei in sich hineinstopfen. Was hat denn dein, äh, dein *Vater* dazu gesagt?«

Rosine wurde etwas kleinlaut. »Gewundert hat er sich schon ein bisschen. Doch er meinte, die Hauptsache sei, dass es mir wieder besser gehe. Ja, und er habe gar nicht gewusst, dass ich so gerne Haferbrei mag.«

Krümel seufzte. »Du musst vorsichtiger sein, Rosine. Sonst fallen wir noch auf!«

»Mensch, Rosine!«, brüllte Evi und stürmte auf die beiden zu. »Wo warst du denn die ganze Zeit?«

»Gscht!«, machte Krümel und sah sich nervös um. Sie hatten die Straßenkreuzung erreicht, an der Evi üblicherweise auf Krümel und Marlena wartete. Weder vor noch hinter den Mädchen waren Kinder. Trotzdem beschwor Krümel ihre Freundinnen, nicht so laut zu brüllen und mit dem Schultergeklatsche aufzuhören. Aber Evi war viel zu neugierig und wollte alles von Rosine wissen. Krümel bekam ein schlechtes Gewissen. Sie hätte Evi wenigstens anrufen und ihr erzählen können, was passiert war. So musste sie eben warten, bis Rosine mit ihrer Geschichte fertig war. Und in regelmäßigen Abständen machte Krümel »Gscht!«.

Schließlich erreichten die drei das Klassenzimmer, setzten sich auf ihre Plätze und plauderten über Sachen, über die Mädchen normalerweise sprechen.

Kurz vor acht schlenderte Hajo herein. Krümel beobachtete ihn misstrauisch. Er spazierte lässig vorbei, ohne die Mädchen auch nur eines Blickes zu würdigen. In diesem Moment bückte sich Rosine, um Marlenas Federmäppchen und die Mathehefte aus der Schultasche zu kramen. Krümel sah aus den Augenwinkeln, dass Hajo nicht nach hinten auf seinen Platz gegangen, sondern im Mittelgang stehen geblieben war. Dort sprach er mit Fabian. Rosine legte ihre Sachen auf die Bank. Sie streckte den linken Arm noch einmal nach unten zu der Tasche, um Lineal und Geodreieck aus dem Seitenfach zu angeln. Da fiel etwas klappernd aus ihrem Ärmel und rollte in den Mittelgang.

Krümel riss es vom Stuhl, sie beugte sich über Rosine hinweg in den Gang und blickte auf den Boden. »Bist du wahnsinnig!«, zischte sie der kleinen Fee zu.

Im Mittelgang rollte der Zauberstab auf Hajo zu. Rosine sprang zitternd vor Aufregung auf und bückte sich. Hajo hatte sich schon umgedreht und beobachtete Rosine, die ihre Hand nach dem Stab ausstreckte. Hajo hatte ihn schon längst bemerkt, er wartete noch, bis Rosine einen Schritt näher war. Dann stellte er betont lässig seinen klobigen Turnschuh auf das schwarze Zaubergerät.

Hajo grinste und beugte sich zu der vor ihm kauernden Fee hinunter. »Suchst du was?«, fragte er und sein Grinsen wurde noch breiter.

»Ja«, sagte Rosine einfach und richtete sich auf. »Du stehst drauf. Würdest du bitte einen Schritt zurückgehen, damit ich es aufheben kann?«

»Ich denke gar nicht daran«, erklärte Hajo laut. Er sah Beifall heischend zu seinen Freunden, die sich neben ihm aufgebaut hatten.

Krümel und Evi standen hinter Rosine. Inzwischen waren die Gespräche ringsum verstummt. Alle aus der 6c beobachteten gespannt, was zwischen Hajo und der vermeintlichen Marlena vor sich ging.

Krümel fluchte verzweifelt in sich hinein. Die anderen Kinder konnten zwar nicht sehen, was unter Hajos Schuh lag. Aber es reichte ja schon, dass Hajo das wusste!

»Was ist denn so Tolles an dem Ding, dass du es unbedingt zurückhaben willst?«, fragte Hajo laut und blickte die drei Mädchen herausfordernd an.

Rosine sah sich Hilfe suchend nach Evi und Krümel um.

»Nichts«, antwortete Evi an ihrer Stelle schnell. »Es ist nur ein Urlaubsandenken. Du kannst sowieso nichts damit anfangen, also rück es im Guten raus!«

»Und wenn nicht?«, erwiderte Hajo und grinste immer noch.

Evi trat zwei Schritte vor und wollte sich gerade auf den Jungen stürzen.

Rosine streckte den Arm aus und ließ sie nicht vorbei. »Er darf ihn keinesfalls zerbrechen«, flüsterte sie aufgeregt, aber nicht leise genug.

»So?«, rief Hajo und war ganz in seinem Element. »Und wenn doch? Wenn ich das Dings einfach zerstampfe?« Hajo zog das Knie an und sein klotziger Schuh schwebte riesenhaft über dem zierlichen schwarzen Stab.

Rosine war kreidebleich im Gesicht, trat einen Schritt auf Hajo zu und hob bittend die Hände. Der Junge hatte offensichtlich Vergnügen an der Sache. Er tat so, als wolle er mit aller Kraft auf den Stab treten. Rosine schrie auf. Hajo stoppte die Bewegung wenige Zentimeter über dem Stab. Grinsend zog er das Knie erneut an und wollte das Spiel wiederholen.

»Was ist denn hier los? Haltet ihr eine Versammlung ab?«, rief Herr Rudionen dröhnend durch das Klassenzimmer.

Hajo riss den Kopf hoch und blickte über die anderen Kinder hinweg nach vorne zum Pult. Rosine bückte sich blitzschnell, packte den Zauberstab und ließ ihn im linken Pulloverärmel verschwinden. Krümel, Rosine und Evi huschten zu ihren Bänken. Auch die übrigen Kinder, die gespannt das Duell zwischen Rosine und Hajo verfolgt hatten, stoben auseinander. Nur Hajo stand noch mit angezogenem Knie im Mittelgang.

»Was ist mit dir, Hajo?«, fragte Herr Rudionen gespielt freundlich und stellte seine braune abgewetzte Mappe auf das Pult. »Möchtest du später Flamingo werden? Du übst wohl schon auf einem Bein zu stehen!«

Ein unterdrücktes Kichern wanderte durch die Klasse.

Hajo wurde krebsrot im Gesicht, stellte sein Bein ab und warf den drei Mädchen einen hasserfüllten Blick zu. »Euch krieg ich!«, murmelte er, ohne die Lippen zu bewegen. Dann schlich er nach hinten auf seinen Platz.

»Oje, oje«, stöhnte Krümel in der ersten Pause. Die drei hatten sich auf die Mädchentoilette zurückgezogen und versuchten, sich von dem Schrecken zu erholen. »Du musst unbedingt besser aufpassen, Rosine. Das hätte beinahe eine Katastrophe gegeben!«

»Ach was«, sagte Evi leichthin. »Du siehst schon wieder Gespenster, Krümel. Was soll Hajo denn mit dem Stab anfangen? Der weiß doch gar nicht, was das ist!«

Krümel war sich da nicht so sicher. »Zumindest kann er ihn kaputtmachen. Und wie soll Rosine dann zurück ins Feenreich?«, erwiderte sie.

»Könntest du ihn nicht reparieren, Rosine?«, fragte Evi.

Die kleine Fee schüttelte den Kopf. »Nein«, erklärte sie. »Das ist ganz schwierig. Es gibt überhaupt nur ganz wenige erwachsene Feen, die das können. Zum Beispiel meine Großmutter. Es ist ein sehr kompliziertes Verfahren. Im Feenreich kommt es auch so gut wie nie vor, dass ein Zauberstab entzweigeht.«

Evi ließ noch nicht locker. »Und ein neuer Stab? Könntest du dir nicht einfach einen neuen herbeizaubern?«

Wieder schüttelte Rosine den Kopf und erklärte Evi, was sie schon Krümel erklärt hatte: dass Zaubergeräte nicht auf Zaubersprüche reagieren. Außerdem lägen im Feenreich nicht haufenweise feenlose Zauberstäbe herum. Jede Fee habe ihren eigenen und der könne ihr von einer anderen Fee auch nicht weggezaubert werden.

»Dann müssen wir wohl besonders auf den Zauberstab Acht geben«, murmelte Evi und wirkte nicht mehr ganz so gelassen.

»Allerdings«, knurrte Krümel. »Und nicht nur auf den Zauberstab, sondern auch auf Rosine.« Sie berichtete Rosine, was ihr Marlena über Hajo erzählt hatte.

Evi kannte die Geschichte ja schon. Sie biss sich verlegen auf die Lippen, weil ihr jetzt doch nicht wohl dabei war, dass sie Krümel die Sache verschwiegen hatte.

Rosine schüttelte immer wieder verwundert den Kopf. Zwar hatte sie im Frühjahr selbst erlebt, wie gemein Hajo war. Aber sie konnte sein Verhalten immer noch nicht einordnen und glaubte nicht so recht daran, dass er ihr wirklich etwas antun würde. Viel größeres Kopfzerbrechen machte ihr das Feenreich. Während Krümel und Evi weiterdiskutierten, dachte Rosine an die herumzischenden Zauberkugeln. Ob die Feen das Problem inzwischen in den Griff bekommen hatten? Ob Fragale immer noch wütend auf sie war? Ob sie womöglich versuchte Rosine zurückzuzaubern, damit sie endlich die Prüfung wiederholte? Und Rosine dachte natürlich auch an ihre Mutter und an ihre Großmutter.

Aber als die Mädchen wieder im Klassenzimmer saßen, da wischte die kleine Fee die Gedanken beiseite. Sie beschloss sich ganz auf die Menschenwelt zu konzentrieren. Schließlich wollte sie gute Noten in der Schule haben! Begeistert lauschte sie den Deutsch- und Englischstunden und sang lauthals mit, als die Kinder im Musikunterricht ein neues Lied lernten.

Nach dem Unterricht marschierten Krümel und Rosine nach Hause und wärmten sich den Gemüseeintopf auf, den Krümels Mama vorgekocht hatte.

Rosine machte sich mit dem üblichen Feuereifer an die Hausaufgaben. Die beiden hatten ganz schön zu tun, denn Rosine musste ja einiges aufholen. Und so saß die kleine Fee mit Krümel bis zum späten Abend am Schreibtisch und paukte Matheaufgaben, Englischvokabeln und deutsche Grammatik. Die beiden waren fast fertig, da düdelte es aus Krümels Schulmappe. Krümel fuhr erschrocken zusammen und Rosine sah sich entgeistert im Zimmer um.

Endlich begriff Krümel, was los war. Sie stürzte sich auf ihre Mappe und riss Marlenas Mobiltelefon heraus.

Marlena erzählte begeistert von ihrer Reise und davon, dass sie ihre Mutter zur Theaterprobe begleiten durfte. Allerdings musste sie eine amerikanische Schule besuchen. Morgen würde sie dort antreten.

Krümel hörte gespannt zu. Rosine beugte sich zu ihr, weil sie natürlich auch verstehen wollte, was Marlena zu erzählen hatte.

»Und wie läuft's bei euch?«, rief Marlena aus dem Hörer.

Krümel reichte das Gerät Rosine weiter, die es entzückt in Empfang nahm. Sofort schilderte sie munter ihre Erlebnisse. Die Geschichte klang aus ihrem Mund sehr lustig. Überhaupt schien es nicht die geringsten Probleme gegeben zu haben.

Krümel nahm Rosine das Telefon wieder ab und berichtete Marlena im Telegrammstil von der Sache mit dem Zauberstab.

»Dieses Miststück!«, rief Marlena. »Dieses verdammte Miststück. Ich hab's mir doch gedacht, dass der sich bei der erstbesten Gelegenheit irgendeine Schweinerei einfallen lässt. Ihr müsst Rosine aus seiner Reichweite halten.«

Krümel versicherte, dass sie das mit aller Kraft versuchen würden.

Dann gab Marlena noch ihre Telefonnummer durch. Eine ellenlange Zahlenfolge, die Krümel konzentriert auf einen Zettel notierte. Als Marlena aufgelegt hatte, schrieb Krümel die Nummer noch einmal ab. Einen Zettel steckte sie in die Hosentasche, den anderen verstaute sie im Schreibtisch.

»Wie telefoniert man damit?«, fragte Rosine und zeigte auf Marlenas Mobiltelefon.

Das hätte sich Krümel denken können, dass sich die kleine Fee brennend dafür interessierte. Sie liebte alle irdischen Geräte und konnte sich stundenlang mit ihnen beschäftigen.

»Na gut«, murmelte Krümel. Wahrscheinlich war es ohnehin besser, wenn sie Rosine erklärte, wie das Telefon funktionierte. Vielleicht musste sie einmal damit telefonieren. »Wir lernen jetzt noch die Englischvokabeln und dann zeige ich dir, wie man damit umgeht.«

»Au ja!«, rief die kleine Fee und war restlos glücklich.

Siebtes Kapitel,

in dem Krümel und Rosine einen Ausflug machen

Die nächsten Wochen verliefen ereignislos und Krümel vergaß die Aufregung des ersten Tages. Sie gewöhnte sich wieder daran, mit Rosine in die Schule zu gehen und sie täglich um sich zu haben. Rosine dachte nur noch hin und wieder an das Feenreich – an Fragale, an die wild gewordenen Kristallkugeln und an die Prüfung, die sie immer noch nicht bestanden hatte.

Hajo schlich allerdings dauernd um die Mädchen herum. Immer wieder tauchte sein blonder Schopf hinter Evi, Krümel und Rosine auf. Krümel wunderte sich, dass Hajo die Sache nicht zu blöd wurde. Die Mädchen waren natürlich sehr vorsichtig. Nie ließen sie Rosine allein in der Pause oder auf dem Nachhauseweg. Hajo konnte sich kein einziges Mal an die kleine Fee heranmachen. Krümel und Evi schärften ihr ein, dass sie sich keinesfalls mit Hajo einlassen durfte. Die nahm das nicht so tragisch, tat aber brav, was die Freundinnen ihr rieten.

Jeden Morgen betrachtete Rosine sehnsuchtsvoll den Himmel, wenn sie mit Krümel das Haus verließ. Sie hoffte auf Schnee, den fand sie wunderschön. Im Feenreich gibt es keinen Winter. Dort scheint fast ununterbrochen die Sonne und es ist immer warm. Aber Krümel musste Rosine enttäuschen. Es war ja erst November, da schneit es selten. Und wenn, bleibt der Schnee meist nicht liegen. Krümel zweifelte daran, dass die kleine Fee in diesem Jahr eine richtige Winterlandschaft erleben würde. Denn Marlena würde in den Weihnachtsferien nach Hause kommen. Dann müsste Rosine zurück ins Feenreich und könnte Krümel nur wieder ab und zu besuchen.

Aber zumindest Schlittschuhlaufen konnten die beiden Mädchen gehen. Rosine zog für ihr Leben gerne elegante Kurven auf dem Eis des Stadions. Sie stellte sich dabei sehr geschickt an, obwohl dieser Sport im Feenreich gänzlich unbekannt ist. Und nicht nur dieser: Feen treiben keinen Sport.

Am Freitagmittag der letzten Novemberwoche tanzten weiße Flocken über dem Schulhof.

»Schnee!«, rief Rosine und sprang mit dem schweren Ranzen auf dem Rücken den weißen Glitzerdingern hinterher.

Krümel und Evi rannten Rosine nach und redeten auf sie ein mit dem Gespringe aufzuhören. Zwölfjährige Mädchen gebärden sich normalerweise nicht wie toll, nur weil dreieinhalb Schneeflocken durch die Luft wirbeln.

»Gehen wir am Sonntag Schlittschuhlaufen, Krümel?«, fragte Rosine erwartungsvoll, nachdem sich die beiden von Evi verabschiedet hatten.

»Ich kann leider nicht«, murmelte Krümel und kramte den Hausschlüssel aus der Anoraktasche. »Am Sonntag ist wieder Papatag, du weißt schon.«

Rosine nickte. Sie wusste, dass Krümel jeden zweiten Sonntag mit ihrem Vater verbrachte. »Freust du dich nicht?«, fragte Rosine, als die beiden in den vierten Stock hochstapften.

Das war eine schwierige Frage. Natürlich freute sich Krümel auf ihren Vater, einerseits. Andererseits gab es da dieses Problem. »Papa hat doch diese Freundin. Mit der lebt er auch zusammen. – Und die ist blöd!«, behauptete sie.

»Wieso ist die blöd?«, wollte Rosine wissen.

Krümel schnaubte empört: »Schon beim allerersten Mal, als ich sie gesehen hab, hat sie mich Marianne genannt. Den Namen kann ich doch nicht ausstehen! Und dann hat sie mir noch Lasagne und Apfelsaft vorgesetzt. Das mag ich überhaupt nicht! Außerdem sollte ich noch meinen Teller leer essen, also wirklich!«

Rosine wiegte nachdenklich den Kopf und wartete, bis Krümel die Wohnung ihrer Mutter aufgeschlossen hatte. »Vielleicht hat die Freundin deines Vaters das alles nicht gewusst«, überlegte Rosine.

»Was?«, blaffte Krümel und knallte den Topf mit Bohnen auf den Herd.

»Na, dass du keine Lasagne magst und keinen Apfelsaft«, erklärte Rosine.

Krümel brummelte Unverständliches in sich hinein.

»Was macht ihr denn am Sonntag, dein Vater und du?«, fragte Rosine.

»Einen Ausflug«, murmelte Krümel und schepperte mit Tellern und Besteck. Dann hatte Krümel eine Idee und ihr Unmut verflog. »Magst du mitkommen, Rosine?«

»Au ja!«, rief die kleine Fee. Sie hatte keine Ahnung, was ein Ausflug war, aber das Wort klang spannend.

Krümel rannte sofort zum Telefon und rief ihren Vater an.

Der freute sich zwar, konnte das aber nicht so recht zeigen. Denn er hatte Nachtschicht gehabt und war todmüde. Er arbeitete als Berufsfeuerwehrmann und war erst um acht Uhr morgens ins Bett gekommen. »Klar kann Marlena mitkommen«, gähnte er. »Dann darf ich Chrissie auch mitnehmen. Das ist nur gerecht, nicht?«

Krümel schwieg einen Moment, so hatte sie sich das nicht gedacht. Sie war in der Zwickmühle, wegen der Gerechtigkeit. Da konnte man sie leicht packen. Seit ihrem ersten Treffen mit Chrissie hatte sie sich geweigert diese Frau noch einmal zu sehen. Alles Zureden ihres Vaters hatte nichts geholfen. Der wartete jetzt geduldig auf Krümels Entscheidung und beglückwünschte sich insgeheim, dass er so schnell reagiert hatte. »Na gut«, sagte sie schließlich.

Krümels Vater strahlte. Aber das konnte Krümel zum Glück nicht sehen, sonst hätte sie ihr Einlenken wohl bereut.

Am Sonntag stand Gerd Schmellers Auto pünktlich um neun Uhr vor der Haustür. Die beiden Mädchen begrüßten Krümels Vater und Chrissie. Rosine machte das formvollendet, das hatte sie inzwischen gelernt.

»Wo fahren wir denn hin?«, fragte Krümel neugierig, als ihr Vater den Wagen durch die morgendlichen Straßen steuerte.

»Zum Starnberger See!«, bekam sie fröhlich zur Antwort. »Da gehen wir an der Uferpromenade spazieren und danach ganz fein essen!«

»Ui«, strahlte Krümel. »Da können wir Schwäne füttern.«

Rosine spitzte die Ohren. Im Feenreich gab es auch Schwäne. Direkt vor ihrem Zimmer lag ein kleiner See, auf dem jede Nacht zwei oder drei majestätisch ihre Bahnen zogen. Aber keine Fee wäre jemals auf die Idee gekommen, die zu füttern.

»Aber, Krümel«, sagte ihr Vater. »Wir haben doch kein Brot dabei. Außerdem tut es den Tieren bestimmt nicht gut, wenn sie von allen Besuchern gefüttert werden.«

Krümel grummelte beleidigt vor sich hin. Als sie noch ganz klein war, war Opa mit ihr fast jede Woche zum See gefahren. Sie hatten immer einen Beutel mit altbackenen, klein geschnittenen Semmeln dabeigehabt. Die Semmeln hatte Opa immer gehortet und sorgfältig in Scheiben geschnippelt.

»So lass doch Krümel die Freude«, sagte Chrissie auf dem Beifahrersitz und Krümel traute ihren Ohren nicht. »Was ist schon dabei. Die Schwäne werden sich kaum überfressen. Die wissen selber, was ihnen bekommt.«

»Und wo willst du am Sonntagvormittag altes Brot hernehmen?«, brummte Krümels Vater.

Chrissie erklärte ihm, dass er nur einen kleinen Umweg fahren müsse, dann kämen sie an einer Bäckerei vorbei, die aufhabe. Krümels Vater lenkte den Wagen in die angegebene Richtung. Chrissie sprang heraus und kam wenige Minuten später mit einem Beutel Semmelbrot zurück. Sie reichte ihn nach hinten und lächelte Krümel zu.

Krümel war sprachlos. Sie vergaß sogar sich zu bedanken. Das erledigte Rosine für sie.

Am See liefen die Mädchen voraus. Es war windig und nieselte. Aber Krümel hatte dafür gesorgt, dass die kleine Fee warm angezogen war. So war der Spaziergang am Ufer ein reines Vergnügen. Als Krümel die ersten Brotscheiben aus dem Beutel zog, kamen auch schon einige Enten auf die Mädchen zugeschwommen. Weiter hinten glitt, etwas hochmütig, ein schneeweißer Schwan heran. Rosine beobachtete sehr genau, was Krümel tat. Die Enten schnappten nach den vom Wasser aufgeweichten Brotstücken und mümmelten daran herum. Die kleine Fee fand das sehr possierlich. Sie griff in den Beutel und zog einige Scheiben heraus. Nun trat sie ganz nah an das Wasser, das auf den steinigen Strand schwappte.

»Sei vorsichtig«, mahnte Krümel.

Der Schwan war inzwischen durch den Entenschwarm hindurch auf die Mädchen zugesegelt. Er hatte schon Boden unter seinen Schwimmfüßen und hob sich über das Wasser.

Seinen langen Hals reckte er Rosine entgegen. Die hielt ihm die Weißbrotscheibe hin. Der Schwan richtete sich auf, schlug mit den Flügeln. Noch bevor Krümel rufen konnte, schnellte der Schnabel nach vorne und biss zu.

»Au!«, schrie Rosine erschrocken und wich zwei Schritte zurück.

Krümel ließ den Beutel fallen und sprang die wenigen Meter auf ihre Freundin zu. »Hast du dir wehgetan? Blutest du?«, fragte Krümel aufgeregt.

»Nein, nein«, sagte Rosine schnell und betrachtete den Zeigefinger ihrer linken Hand. »Nichts passiert.«

»Zeig mal.« Krümel griff nach Rosines Hand. »Man muss das verbinden oder wenigstens ein Pflaster draufkleben!«

Rosine versuchte ihre Hand wegzuziehen, aber sie konnte nicht mehr verhindern, dass Krümel die deutlichen Bisse sah. Sie waren sehr tief. Trotzdem war kein Tropfen Blut ausgetreten. Krümel hob den Kopf und blickte in Rosines blaue Feenaugen. Und das Mädchen fühlte, wie ihr ein leichter Schauer vom Nacken über die Wirbelsäule kroch. Kein Blut, kein Tropfen Blut, obwohl der Schwan fest zugebissen hatte. Krümel schüttelte es leicht.

»Lass gut sein, Krümel«, flüsterte Rosine. »Lass gut sein. Alles in Ordnung. Das ist nun mal so!«

»Was ist los?«, rief Krümels Vater und sprang von der Uferpromenade auf den Strand. »Ist was passiert?«

Und ehe Krümel antworten konnte, stand ihr Vater auch schon keuchend vor ihnen. Rosine steckte schnell die Hand in die Anoraktasche.

»Nein, nein«, sagte Krümel. »Marlena ist nur erschrocken.«

»Der Schwan hat mich nur ganz leicht gezwickt«, bestätigte die kleine Fee. »Es tut gar nicht weh!«

Krümel nickte mechanisch und ihr Vater verzog sich wieder nach oben zu Chrissie. Die beiden Mädchen verfütterten den Rest des Brotes an die Enten. Aber Krümel war nicht mehr richtig bei der Sache.

»Na, was wollt ihr essen?«, fragte Krümels Vater munter, als sie in einer warmen Gaststube direkt am Fenster mit Blick auf den See saßen. Er war mehr als zufrieden mit dem Ausflug. Krümel grummelte kein bisschen und sprach sogar hin und wieder mit Chrissie. Auch Chrissie war fröhlich. Es hätte gar nicht besser laufen können.

»Mir ist so schlecht!«, rief Rosine und strahlte über das ganze Gesicht.

Krümel hob den Kopf von der Speisekarte und Chrissie beugte sich mitfühlend zu Rosine.

Krümels Vater blickte ratlos von einem zum anderen. »Ja, was kannst du denn dann überhaupt essen?«, fragte er und senkte den Kopf suchend in die Speisekarte.

In diesem Augenblick begriff Krümel, was los war. Eigentlich war sie selbst schuld an dem Schlamassel. Sie hatte ja gewusst, dass Rosine noch nie in einem Restaurant gewesen war. Sie hätte der kleinen Fee vorher einiges erklären müssen. Krümel versetzte Rosine unter dem Tisch einen gezielten Tritt.

Die kleine Fee verzog keine Miene, sie war das gewohnt.

»Wir müssen aufs Klo!«, bestimmte Krümel.

»Ja, äh«, murmelte Chrissie verwirrt. »Marlena auch?«

»Unbedingt!«, schrie Rosine. »Auf der Stelle und sofort!«

Krümel bugsierte die kleine Fee durch den Gastraum zu den Toiletten, schob sie in eine Kabine und schloss ab. »Du kriegst hier keinen Haferbrei und wenn dir noch so schlecht ist!«, erklärte Krümel.

»Wieso nicht?«, fragte Rosine verwundert.

Krümel erläuterte des Langen und Breiten, dass man in den meisten Restaurants keine Krankenkost bekam. Die Leute bleiben ja normalerweise zu Hause, wenn ihnen schlecht ist. Es dauerte ein Weilchen, bis Rosine die Verhaltensregeln, die sie hier beachten musste, intus hatte. Dann erst wagte es Krümel, mit der kleinen Fee wieder in die Gaststube zurückzukehren. Begriffen hatte Rosine die Sache zwar nicht, aber sie tat das, was sie in solchen Fällen immer machte: Sie versuchte, sich möglichst genau an Krümels Anweisungen zu halten.

»Ich will Pommes!«, rief sie deshalb, als sie wieder auf ihrem Platz saß.

Krümel steckte ihren Kopf in die Speisekarte. Die Feinheiten hatte Rosine noch nicht so raus. Krümel musste ihr unbedingt beibringen, dass man einen stufenweisen Übergang zwischen »Mir ist so schlecht!« und »Ich will Pommes!« schaffen musste.

»Ja, ist dir denn nicht mehr schlecht?«, fragte Krümels Vater auch prompt.

»Kein bisschen«, strahlte Rosine. »Ich könnte jetzt Tomatensuppe, Hühnchen mit Pommes und Eis mit Schokoladensoße essen!«

Und das tat sie dann auch. Chrissie und Gerd waren davon überzeugt, dass dem Mädchen unmöglich vor dem Essen übel gewesen sein konnte – aber womöglich wurde ihr danach schlecht.

Auf der Heimfahrt döste Krümel auf dem Rücksitz. Es war schon fast dunkel draußen und Rosine betrachtete fasziniert die aufblitzenden Lichter auf der Gegenfahrbahn.

Ungefähr nach der Hälfte der Strecke geriet der Motor ins Stottern. Krümels Vater schaffte es gerade noch, einen Parkplatz anzusteuern, dann stoppte der Wagen. Weder durch Beschwörungen noch durch hektisches Rütteln am Zündschlüssel war er zur Weiterfahrt zu bewegen.

»Verflixt noch mal!«, rief Krümels Vater. »Was hat die Karre bloß?«

Chrissie flüsterte ihm zu, er solle doch nicht so schreien und fluchen.

Er hörte auch auf damit und warf einen Blick auf das Armaturenbrett. »Ach herrje, der Tank ist leer! Du hast vergessen zu tanken, Chrissie!«, rief er.

»Nein, nein, nein!«, entgegnete Chrissie empört. »Das ist doch gar nicht wahr. Du bist doch gestern mit dem Auto in die Stadt gefahren. Da hättest du tanken müssen!«

Während die beiden Erwachsenen weiterstritten, erklärte Krümel der kleinen Fee flüsternd, was los war. Sie hatte ja von Benzin und Autos und solchen Dingen keine Ahnung. Krümel hatte fast Mitleid mit Chrissie. Sie war sich nämlich ziemlich sicher, dass ihr Vater die Sache verbockt hatte. Als er noch zu Hause lebte, hatte er auch immer vergessen zu tanken. Nur konnte er damals nicht Krümels Mutter ausschimpfen, weil die nämlich gar nicht Auto fuhr.

»Ist wenigstens ein Reservekanister im Kofferraum?«, fragte Krümels Vater, der sich langsam wieder beruhigt hatte. Insgeheim wusste er genau, dass er schuld war.

»Woher soll ich das wissen? Das ist dein Wagen!«, antwortete Chrissie.

Rosine zog Krümel vom Sitz und öffnete lautlos die Tür.

»Wo wollt ihr denn hin?«, rief Krümels Vater nach hinten.

»Wir schauen mal nach, ob der Reservekanister da ist!«, behauptete Krümel, die keine Ahnung hatte, was die kleine Fee ausheckte.

Dann standen die Mädchen hinten am Wagen. Krümel öffnete den Kofferraum, um die Sache glaubhaft zu gestalten. Natürlich stand dort kein Reservekanister. Sie kannte doch ihren Vater! »He, was soll das, Rosine?«, fragte Krümel. »Was wollen wir hier draußen? Es ist eiskalt. Wir können sowieso nichts tun. Chrissie oder Papa müssen zur nächsten Tankstelle und einen Reservekanister mit Benzin holen.«

Rosine nickte, das hatte sie schon dem Gespräch der beiden Erwachsenen entnommen. »Wie sieht er aus?«, wollte die kleine Fee wissen.

»Wer?«, fragte Krümel zurück.

»Na, der Reservekanister!«, antwortete Rosine.

Krümel beschrieb ihn der kleinen Fee. Danach erst begriff sie, warum Rosine diese Frage gestellt hatte. Aber da war es schon zu spät. Rosine hatte den Zauberstab aus dem Ärmel gezogen und sich in Positur gestellt.

»Nein!«, rief Krümel noch. »Lass das! Hör auf!«

Der Zauberstab schillerte in allen Farben und die bekannten Glitzersternchen sprangen auf den Asphalt zu Rosines Füßen. Krümel sah sich ängstlich auf dem Parkplatz um. Zum Glück war kein Mensch weit und breit. Hoffentlich ist es nicht zu groß, was sie da zaubert, dachte Krümel, und hoffentlich streiten die zwei da drin weiter und steigen nicht aus.

»Passt das so?«, fragte Rosine.

Krümel blickte nach unten. Die Sternchen waren verschwunden und zu ihren Füßen stand tatsächlich ein weißer Kanister. Sie hob ihn hoch und spürte, dass in ihm eine Flüssigkeit hin- und herschwappte. Was immer das sein mochte …

In diesem Augenblick klappte die Fahrertür und schon stand Krümels Vater neben ihr. »Ja, Krümel!«, rief er erfreut. »Warum sagst du denn nichts? Wir diskutieren die ganze Zeit und du stehst seelenruhig mit dem Kanister da! Marsch, marsch, steigt wieder ein. Das ist ja hundekalt hier draußen.« Er nahm Krümel den Kanister aus der Hand. »Fast voll!«, strahlte er und schraubte den Deckel auf.

Krümel wischte sich den Schweiß von der Stirn. »Weißt du denn, was da drin ist?«, fragte sie und versuchte ihren Vater daran zu hindern, den Inhalt in den Tank zu kippen.

»Krümel, lass los!«, rief Gerd Schmeller. »Das ist ein Reservekanister. Was wird da wohl drin sein? Eierlikör oder Hustensaft bestimmt nicht!«

Krümel gab auf. Sie ließ den Kanister los und verzog sich mit Rosine auf den Rücksitz. Chrissie hatte das Radio angestellt und hörte Nachrichten.

»Was ist in dem Kanister, Rosine?«, flüsterte Krümel.

»Keine Ahnung«, antwortete die kleine Fee. »Woher soll ich das wissen?«

Ja, dachte Krümel, woher soll sie das wissen? Sie hat den Kanister ja nur herbeigezaubert. Meine Güte, hoffentlich explodiert das Zeug nicht!

Krümels Vater riss die Fahrertür auf und warf sich pfeifend auf den Sitz. »Prima, Chrissie!«, rief er fröhlich. »Prima, dass du an den Reservekanister gedacht hast!«

»Mhm«, machte Chrissie.

Gerd Schmeller drehte den Zündschlüssel um. Der Motor gab keinen Mucks von sich. Krümels Vater schüttelte den Kopf und versuchte es ein zweites Mal. Diesmal ertönte ein leises Brummen. Dann starb der Motor ab. Krümel sah zu Rosine hinüber. Die starrte angestrengt auf den dunklen Parkplatz, als ob es da was zu sehen gäbe.

Dritter Versuch – der Motor starb ab. Gerd Schmeller schimpfte leise vor sich hin. Chrissie sank tiefer in ihren Sitz. Krümel stöhnte.

Vierter Versuch, der Motor starb ab.

Beim siebten Mal schrie Krümels Vater: »Was zum Teufel war in dem Reservekanister?«

Das würde ich auch gerne wissen, dachte Krümel und warf

noch mal einen Blick zu Rosine. Die konnte sich von dem Parkplatz gar nicht losreißen.

Und dann ertönte ein sattes, zufriedenes Brummen und Gerd Schmeller gab Gas. »Na bitte«, sagte er wieder ganz ruhig. »Läuft doch alles wie geschmiert.«

Krümel atmete erleichtert aus.

Rosine drehte ihr Gesicht zu Krümel und zwinkerte ihr zu.

»Die ist doch ganz nett, diese Chrissie«, sagte Rosine, als die beiden Mädchen nach oben in den vierten Stock stapften.

»Na ja«, murmelte Krümel und schloss die Wohnungstür auf.

Achtes Kapitel,
in dem Krümel krank ist

An einem Montag Anfang Dezember wachte Krümel nicht wie üblich fünf Minuten vor der Zeit auf, sondern vom Schrillen des Weckers. Sie schreckte hoch, aber aufstehen konnte sie nicht. Das kleine Zimmer mit dem Schreibtisch, dem Schrank und dem Bücherbord drehte sich um sie herum. Völlig zerschlagen blieb Krümel am Bettrand sitzen und betrachtete ihre nackten Zehen. In ihrem Kopf herrschte ein ziemliches Durcheinander. Sie wusste nicht einmal, was sie in diesem Moment tun musste. Dann blickte sie auf das Zifferblatt des Weckers. Es war zehn nach sieben.

Meine Güte, dachte Krümel, Rosine kann jeden Moment hier sein! Und ich bin noch nicht angezogen und gefrühstückt habe ich auch nicht! Aber bei dem Gedanken, etwas essen zu müssen, wurde Krümel sofort schlecht. Mühsam erhob sie sich. Der Boden schien unter ihr zu schwanken. Ganz langsam nahm Krümel ihre Kleidung vom Schreibtischstuhl, auf den sie die einzelnen Teile am Abend zuvor gelegt hatte. In Zeitlupe zog sie sich Stück für Stück über. An Duschen war überhaupt nicht zu denken. Zu anstrengend.

Anschließend wankte Krümel durch die Diele ins Bad und

versuchte Zähne zu putzen. Das ging aber auch nicht, denn ihr wurde schon vom Geruch der Zahnpasta übel. Krümel ließ die Zahnbürste sinken und warf einen Blick in den Spiegel über dem Waschbecken: Ihr brauner Haarschopf war ganz verwuschelt, sie hatte rote Flecken im Gesicht und ihre Augen glänzten. Vorsichtig beugte sie sich über das Waschbecken und spritzte sich eine Hand voll Wasser ins Gesicht.

Da klingelte es an der Wohnungstür. Rosine! Krümel hielt sich an der Wand fest und schob sich zurück in die Diele. Sie hatte nicht gewusst, dass es so mühsam sein konnte, eine Tür aufzuschließen.

»Wo bleibst du denn?«, zischte Rosine ungehalten, aber leise, damit Krümels Mutter nicht aufwachte. Die kleine Fee trat einen Schritt näher. »Was ist denn los? Wieso hast du im Flur kein Licht angemacht?« Sie tastete nach dem Schalter.

Im nächsten Augenblick flammte die Deckenlampe auf und Rosine fuhr zusammen. Obwohl sie immer noch nicht jede irdische Erscheinung einordnen konnte, begriff sie sofort, was Sache war. »Krümel! Du bist krank. Du musst sofort wieder ins Bett. Du kannst ja kaum stehen!« Und sie nahm ihre Freundin an der Hand und führte sie in ihr Zimmer zurück.

»Aber«, protestierte Krümel schwach, »ich muss dich doch begleiten. Wir müssen doch in die Schule!«

»Du nicht!«, bestimmte Rosine. »Du legst dich wieder hin. Am besten, du weckst deine Mama auf, damit sie dir Kamillentee kocht. Und Haferbrei!« Rosines Augen leuchteten auf und Krümel würgte. »In die Schule schaffe ich es schon allein«, fuhr die kleine Fee fort und schob Krümel auf ihr Bett. »Seit zehn Wochen gehe ich den Weg mit dir. Außerdem wartet Evi am Treffpunkt!«

»Dann beeil dich«, murmelte Krümel und ließ sich mit Pullover und Jeans nach hinten in die Kissen sinken. »Damit du Evi nicht verpasst. Und sag Frau Lennert, dass ich krank bin.«

Rosine nickte, aber das sah Krümel gar nicht richtig. »Soll ich nicht doch deine Mama aufwecken, damit sie sich um dich kümmert?«, fragte Rosine besorgt.

Krümel versuchte den Kopf zu schütteln, aber das konnte sie nicht. Bei der geringsten Bewegung hatte sie das Gefühl, dass er gleich platzte. »Das mach ich schon«, sagte sie mühsam. »Jetzt beeil dich, damit du nicht zu spät kommst!«

Rosine winkte ihr zu, doch das bekam Krümel nicht mehr mit. Auch nicht, dass die Wohnungstür zuklappte. Und ebenso wenig konnte sie ihre Mama aufwecken. Krümel sank weit, weit weg und träumte wirres Zeug.

Als sie wieder aufwachte, beugte sich jemand Fremdes über sie. Erst als der sie zum dritten Mal aufforderte den Mund aufzumachen, begriff sie, dass es der Kinderarzt war. Den kannte sie schon, solange sie denken konnte. Dann hörte sie ihn sprechen und von weit her drang Mamas Stimme. Aber Krümel verstand nichts. Kurz darauf dämmerte sie wieder weg.

Irgendwann hielt jemand ihre Hand und strich ihr ganz sanft über die Stirn. Sie schlug die Augen auf und sah Rosine. Krümel versuchte zu lächeln und schlief ein.

Später hörte sie ein bekanntes Brummen und direkt vor ihrem Gesicht schwebte ein riesiger Suppenlöffel.

»Hühnersuppe«, sagte eine tiefe Stimme, »sehr gute Hühnersuppe!« Das war Opa, ganz klar!

Krümel beugte sich etwas vor und machte den Mund auf. Gleichzeitig kam der Löffel näher und Krümel schluckte gehorsam. Sie war jetzt fast richtig wach. Opa saß auf ihrem Schreibtischstuhl neben dem Bett und hatte auf dem fahrbaren Beistelltisch aus dem Wohnzimmer ein Tablett mit einem Teller dampfender Suppe aufgebaut.

»Die Suppe hab ich extra für dich gekocht und hierher geschleppt!«, sagte Opa.

Krümel konnte nicht antworten, weil schon der nächste Löffel vor ihrem Gesicht stand. Als sie den Mund aufmachte, war der Löffel auch schon drin. So ging das noch ein paar Mal, bis Krümel der Schweiß ausbrach von der heißen Suppe. Aber gut war sie, die Suppe. Krümel aß auch gerne Opas Hühnersuppe, wenn sie völlig gesund war. Und Opa schwor auf Hühnersuppe bei Krankheiten. Da war es egal, ob man Halsweh, sich den Fuß gebrochen oder die Krätze hatte. Hühnersuppe half in jedem Fall!

Aber jetzt konnte Krümel nicht mehr. Als der nächste Löffel heranschwebte, da presste Krümel die Lippen fest aufeinander und schüttelte energisch den Kopf. Wenn sie etwas gesagt hätte, hätte sie den Mund aufmachen müssen. Dann wäre der Löffel sofort wieder drin gewesen. Krümel kannte Opa. Der war der Meinung, dass man keinesfalls zu viel essen konnte, höchstens zu wenig.

»Na schön«, brummte Opa. »Hast ja wenigstens ein bisschen Suppe gegessen!« Und Opa schob sich den noch schwebenden Löffel selbst in den Mund.

»Du steckst dich ja an!«, rief Krümel erschrocken.

»Schmarren!«, sagte Opa. Er hätte seine Enkelin auch dann mit Hühnersuppe gefüttert, wenn sie die Beulenpest und die englische Grippe gleichzeitig gehabt hätte.

Opa blinzelte Krümel zu. Die sank wieder in die Kissen zurück. Ihr Gesicht glänzte vor Schweiß. Opa zog ein frisch gewaschenes Riesentaschentuch aus seinem Jackett und wischte vorsichtig über ihre Stirn. Dann schlief Krümel wieder ein.

Als Krümel aufwachte, ging es ihr besser. Sie konnte aufstehen und ins Bad gehen, ohne dass sich in ihrem Kopf alles drehte. Danach schlenderte sie in die Küche. Dort stellte sie überrascht fest, dass Mama zu Hause war.

Sie hatte den Tisch gedeckt und zog gerade die Milch vom Herd. »Guten Morgen, mein Schatz!«, rief sie fröhlich. »Na, du siehst ja schon viel besser aus. Wie geht es dir?«

»Gut«, strahlte Krümel und griff nach den frischen Waffeln. Dann fiel ihr Blick auf die weiße Küchenuhr. »Aber, Mama! Es ist elf Uhr. Du musst in die Arbeit!«

»Wie kommst du denn darauf?«, fragte Mama erstaunt. »Heute ist doch Sonntag.«

Krümel war platt. »Was?«, rief sie. »Und wo ist die ganze Woche hin?«

Mama lachte und strich über Krümels verwuschelten Haarschopf. Dann schenkte sie Kakao ein. »Du hattest einen Virus, Krümel«, erklärte sie. »Einen ganz hinterhältigen. Und über vierzig Grad Fieber. Du hast fast die ganze Zeit geschlafen und davon ist die Woche weg!«

Krümel nickte, konnte es aber kaum glauben. Wie war das möglich, dass sie eine ganze Woche verschlafen hatte? Gestern war doch erst Montag gewesen und sie hatte Rosine allein in die Schule schicken müssen. Dann war der Arzt gekommen und Opa war da gewesen mit der Suppe. Ja, und Rosine hatte sie besucht. – Rosine!, fuhr es Krümel durch den Kopf. Hoffentlich hatte die kleine Fee die Woche gut überstanden. »Kann ich Ro…«, Krümel nahm schnell einen Schluck Kakao, als Mama den Kopf hob, »äh, kann ich Marlena besuchen?«

Mama schüttelte den Kopf. »Das musst du gar nicht. Marlena kommt am Nachmittag sowieso rüber. Sie hat dich jeden Tag nach der Schule besucht, weißt du das nicht mehr?«

»Mhm«, machte Krümel. An einen Besuch Rosines konnte sie sich erinnern oder waren es doch viele gewesen? Krümel wischte den Gedanken schnell beiseite. Wenn man zu lange darüber nachdachte, wurde einem schwindelig.

Gegen drei Uhr kam Rosine.

Krümel setzte sich mit der kleinen Fee ins Wohnzimmer und spielte zwei Runden Malefiz mit ihr. Eine dritte schaffte sie nicht mehr, dazu war sie schon wieder zu müde. Sie lehnte sich im Sessel zurück und fragte: »Wie war die Woche denn?«

»Ooch«, machte Rosine. »Nichts Besonderes. Wie immer. Wir haben Matheschulaufgabe geschrieben. Ich glaub, ich war nicht schlecht!«

Krümel grinste. Sie sah Rosines Eins mit Stern schon vor sich. Dann fiel ihr ein, dass sie selbst die Prüfung nachschreiben musste. Das war unangenehm. Sie würde an einem Nachmittag eine halbe Stunde allein mit Herrn Rudionen in einem Zimmer verbringen und die Aufgaben bearbeiten müssen. »Und sonst?«, fragte Krümel.

»Na ja«, murmelte Rosine, biss auf einer blonden Haarsträhne herum und wirkte bedrückt. »Da war nur noch …«

Rosine hörte auf zu sprechen, weil Krümels Mama mit einem Tablett hereinkam. Die deckte schnell den Tisch und verschwand wieder.

»Na?«, fragte Krümel leise. »Ist was passiert in der Schule? Mit Hajo?«

Bei dem Namen zuckte Rosine zusammen, presste die Lippen aufeinander und sah an Krümel vorbei auf den Balkon.

Krümels Mama kam wieder herein und stellte eine Pfanne mit Schinkennudeln auf den feuerfesten Untersetzer. Sie blickte zu ihrer Tochter hinüber. »Ich glaube, du kannst wieder was Richtiges essen. Was meinst du?«

Krümel strahlte. Kaum war ihr der Geruch der Schinkennudeln in die Nase gestiegen, hatte sie sofort richtig Hunger bekommen. Und ihr war kein bisschen übel. »Klasse!«, rief sie, setzte sich an den Tisch und stopfte das warme Essen in sich hinein.

Rosine aß schweigend ein paar Bissen mit, verabschiedete sich dann hastig und ging in Bäumlers Wohnung.

Seltsam, dachte Krümel. Aber nach dem Essen war sie noch müder als zuvor. Deshalb konnte sie nicht lange über Rosines sonderbares Verhalten nachdenken. Krümel legte sich ins Bett und schlief sofort ein.

Die nächsten Tage musste sie auf Mamas Anweisung noch zu Hause verbringen. Am Mittwoch fühlte sie sich so gesund, dass ihr langweilig wurde. Sie tigerte ins Wohnzimmer und sah durch die Balkontür auf die Straße. Es schneite ein bisschen. Zwar war es mehr Regen als Schnee, aber immerhin tanzten ein paar Flocken zwischen den Wassertropfen. Da wird sich Rosine freuen, dachte Krümel, vielleicht schneit es richtig, solange sie hier ist. Und dann fiel Krümel wieder Rosines seltsames Betragen vom Sonntag ein. Rosine hatte bisher nicht erzählt, was in der Schule vorgefallen war. Aber heute ist sie fällig, dachte Krümel. Das wäre ja gelacht, wenn ich nicht herausbekomme, was da gespielt wird. Und Krümel griff nach dem letzten Buch aus der Stadtbücherei, das sie noch nicht gelesen hatte, und verbrachte den Vormittag auf dem Wohnzimmersofa.

Gegen ein Uhr stellte sie das Putengeschnetzelte auf den Herd und wartete auf Rosine. Die kam pünktlich um halb zwei. Krümel ließ sie in Ruhe essen und machte mit ihr Hausaufgaben. Als die Mädchen die Hefte zugeklappt hatten, sagte Krümel: »So, und jetzt erzählst du mir endlich, was in der Schule los war!«

Rosine zuckte zusammen und blickte von ihrer Schulmappe auf, in der sie gerade die letzten Hefte verstaut hatte. Sie sah an Krümel vorbei und hantierte mit dem Federmäppchen. »Nichts, nichts«, murmelte sie. »Wie kommst du denn darauf?«

»Hast du irgendeinen Unfug angestellt? Hast du gezaubert?«, fragte Krümel streng.

Bei dem Wort *gezaubert* brach Rosine in Tränen aus und setzte sich einfach auf den Boden.

Krümel ließ sich erschrocken neben ihr nieder. »Um Himmels willen, Rosine!«, rief sie. »Was ist denn los? Jetzt red doch endlich mit mir. Was ist denn passiert?«

Rosine schluchzte auf, dann gab sie sich einen Ruck und sagte: »Hajo hat meinen Zauberstab!«

In diesem Augenblick klingelte es an der Wohnungstür. Wer ist denn das jetzt?, dachte Krümel wütend. Sie sprang auf, lief schnell in den Flur und riss die Tür auf. Auf dem Fußabstreifer stand Herr Bäumler.

»Hallo, Krümel!«, rief er fröhlich. »Marlena ist sicher bei dir, nicht wahr? Wir wollten zusammen noch in die Stadt und neue Pullover und Jeans für sie kaufen.«

»Ich komm schon!«, tönte Rosines Stimme aus Krümels Zimmer. Und dann stand die kleine Fee auch schon im Flur. Sie hatte noch ein wenig gerötete Augen. Aber sonst sah man ihr nicht an, dass sie geweint hatte. »Bis morgen, Krümel!«, rief sie, gab Krümel rasch einen Kuss auf die Wange und verschwand mit Herrn Bäumler.

Neuntes Kapitel,
in dem hart verhandelt wird

»Das darf doch alles nicht wahr sein!«, rief Krümel aufgebracht. »Wie konnte das denn passieren?«

»Scht!«, machte Evi und sah sich nervös um. Aber die Mädchen waren an diesem Donnerstagmorgen so früh unterwegs, dass sie keinen anderen Schülern begegneten.

Krümel hatte am Mittwochabend auf ihre Mutter eingeredet, damit sie am nächsten Tag wieder in die Schule gehen durfte. Die hatte schließlich entnervt nachgegeben. Krümel wollte unbedingt wissen, wie es passieren konnte, dass Hajo Rosines Zauberstab in die Finger bekommen hatte.

»Also das war so«, begann Evi. »Ich war letzten Freitag auch krank, nicht so schlimm wie du, aber doch ziemlich erkältet. Rosine war deshalb an diesem Tag allein. Hajo ist ihr nach der Schule sofort hinterhergerannt. Er hat sie in eine Einfahrt gedrängt, sie bedroht und ihr den Zauberstab weggenommen. Das war alles!«

Krümel traute ihren Ohren nicht. »Was heißt, das war alles?«, blaffte sie. »Was will der denn mit dem Zauberstab? Ich begreif das nicht! Weiß er überhaupt, dass der Stab ein Zauberstab ist? Er wird doch nicht zu Rosine gesagt haben:

›Los, gib mir deinen Zauberstab oder ich mach dich fertig!‹«

»Doch!«, sagte Rosine, die bisher stumm neben den beiden Mädchen hergetrottet war. »Genauso hat er es gesagt!«

Krümel war zunächst sprachlos. Dann versuchte sie verzweifelt Ordnung in die Gedanken zu bekommen, die in ihrem Kopf durcheinander wirbelten. Wenn Rosine Hajo richtig verstanden hatte, konnte das nur eins bedeuten: Er hatte die Mädchen durchschaut. Dann wusste er, dass es zwei Marlenas gab, dass eine der Marlenas eine Fee war und dass er diese Fee erpressen konnte, wenn er ihr den Zauberstab wegnahm. Aber woher wusste er das alles? Und Krümel fiel ein, dass Hajo wochenlang um sie herumgeschlichen war. Sie dachte an ihr seltsames Erlebnis an dem Tag, an dem Marlena nach Amerika geflogen war. Sie erinnerte sich an die Schritte, die sie hinter sich gehört hatte, als sie zu Opas Häuschen gelaufen war, und an den blonden Haarschopf, der am Gartentor kurz aufgetaucht war. Aber konnte Hajo sich aus den Gesprächsfetzen, die er gehört hatte, denn wirklich die ganze Geschichte zusammenreimen?

Evi warf Krümel einen unsicheren Blick zu. »Wir haben gehofft, dass wir die Sache über die Bühne bringen, bis du wieder gesund bist!«

Aha, dachte Krümel. So ähnlich hatte sie sich das sowieso vorgestellt. Deshalb hatte Rosine keinen Ton darüber verloren. Sie hatte wohl gehofft, Krümel würde die Katastrophe nicht direkt mitbekommen. Wenn alles wieder in Ordnung gewesen wäre, hätte sie Krümel in aller Ruhe und möglichst witzig die neueste Geschichte erzählt. »Und jetzt?«, fragte Krümel. Sie sprach fast lautlos, weil die drei schon auf dem Schulhof standen.

»Hajo will ohne Zeugen mit Rosine reden«, flüsterte Evi. »Ich habe das immer abgelehnt, weil ich Rosine mit dem Kerl nicht allein lassen will. Aber Hajo besteht darauf, dass niemand von uns dabei ist. Ja, und so stehen die Verhandlungen im Moment. Wir kommen keinen Schritt weiter.«

Krümel nickte, antwortete aber nicht mehr. Denn um sie herum wuselten jetzt zahlreiche Kinder hin und her, begrüßten die drei Mädchen und riefen sich gegenseitig etwas zu.

Kurz vor acht schlich Hajo herbei, zerrte Rosine beiseite, noch bevor Krümel oder Evi reagieren konnten, und sprach auf sie ein. Rosine war kreidebleich im Gesicht. Sie umklammerte ein Papiertaschentuch, an dem sie nervös herumzupfte. Immer wieder nickte sie, wich aber mit dem Oberkörper angespannt vor Hajo zurück, der sie am Ärmel festhielt. Dann trottete sie zu Evi und Krümel ins Klassenzimmer. Sie setzte sich tief in ihre Gedanken versponnen auf den Platz neben Krümel. Die stupste die kleine Fee besorgt an. Sie konnte ihr aber nichts mehr zuflüstern, weil in diesem Augenblick Frau Lennert hereinstöckelte.

Die Lehrerin wuchtete ihre prall gefüllte schwarze Ledermappe krachend aufs Pult und krähte fröhlich: »Einen wunderschönen guten Morgen!« Dann teilte sie die korrigierten Übungsaufsätze aus. Nachdem sie die Arbeiten besprochen hatte, erklärte sie den Kindern aus der 6c strahlend, dass sie bis zum Montag den nächsten Übungsaufsatz schreiben durften. Die Schüler stöhnten verhalten, obwohl sie wussten, dass auch das Stöhnen keinen Übungsaufsatz verhinderte. Wahrscheinlich hätte nicht einmal eine Naturkatastrophe Frau Lennert daran gehindert, Übungsaufsätze aufzugeben. Die Lehrerin strahlte unverdrossen weiter, während die Kinder leise murrend die Aufgabe in ihre Hefte schrieben.

Als es zum Ende der ersten Stunde gongte, rüttelte Krümel ungeduldig an Rosine. Die saß immer noch geistesabwesend auf ihrem Stuhl. Aber es war nichts aus der kleinen Fee herauszubekommen. Sie legte nur den Finger auf die Lippen und warf ihrer Freundin einen sorgenvollen Blick zu.

Krümel gab auf, doch in der ersten Pause zerrten Evi und sie die kleine Fee auf die Mädchentoilette. »Jetzt red endlich!«, schnaubte Krümel ungeduldig. »Was war los? Was will der Heini?«

Rosine seufzte tief und starrte auf die weißen, abgeschabten Kacheln. Dann wandte sie sich um. »Hajo will heute Nachmittag mit mir alleine reden. Ich soll ihn zu sich nach Hause begleiten. Dort bekomm ich den Zauberstab zurück!«

»Kommt ja überhaupt nicht in Frage!«, schrie Evi so laut, dass ihre Stimme von den gekachelten Wänden widerhallte.

»Aber es geht nicht anders«, jammerte Rosine. »Hajo hat

gesagt, ich krieg den Stab sonst nie zurück. Er zerstört ihn heute Abend, wenn ich nicht mitkomme. Er hat mir ein Ultiblatum gestellt!«

»Ultimatum«, verbesserte Krümel automatisch.

»Ist ja völlig egal«, knurrte Evi. »Jedenfalls geht Rosine da nicht alleine hin. Wir kommen einfach mit!«

»Nein, nein!«, rief Rosine verzweifelt. »Er macht den Stab kaputt. Das geht nicht, das geht einfach nicht!« Und Rosine hatte schon wieder ein Papiertaschentuch in der Hand und zupfte so heftig daran herum, dass weiße Fitzel auf den Boden segelten.

Krümel stöhnte und blickte abwechselnd die kleine Fee und Evi an.

Evi starrte angestrengt an die Deckenlampe und kaute ununterbrochen an ihrer Unterlippe herum. Dann nickte sie. »Gut«, sagte sie zu Rosine und warf Krümel einen viel sagenden Blick zu. »Wir fahren bis zu Hajos U-Bahn-Haltestelle mit. Das werde ich dem Kerl schon beibringen. Und von dort aus könnt ihr meinetwegen alleine losziehen. Krümel und ich warten auf dich, bis du wieder zurück bist!«

Rosine nickte. Ihr stand der Schweiß auf der Stirn. Das Papiertaschentuch hatte sich in unzählige Schnipsel aufgelöst, die zu ihren Füßen auf dem Boden lagen.

Erst als die Mädchen die Toilette verlassen hatten und dem Klassenzimmer zustrebten, fiel Krümel noch etwas ein. »Und was musst du tun, damit Hajo dir den Stab gibt? Er wird ihn ja nicht ohne Gegenleistung herausrücken?«, flüsterte sie der kleinen Fee zu.

Aber die tat so, als ob sie nichts gehört hätte. Dann standen sie ohnehin schon im Klassenzimmer.

Kaum war der Gong zum Schulschluss verklungen, stürzte Hajo noch im Klassenzimmer auf die drei Mädchen zu und wollte Rosine mit sich zerren. Doch Evi packte seinen Arm, mit dem er Rosine umklammert hielt, und drehte ihn auf den Rücken. Evi hatte die Lippen aufeinander gepresst und ihre grünen Augen funkelten wie die eines Panters. Hajo stöhnte unter Evis Griff. Er ließ Rosine los und sank, den Oberkörper seltsam verdreht, in die Knie.

»Wir kommen mit!«, zischte Evi dem Jungen ins Ohr. »Wir fahren bis zu deiner U-Bahn-Station und warten dort, bis Rosine zurück ist. Verstanden, du Hornochse?«

Hajo nickte, sein Kopf war hochrot. Krümel bemerkte, dass er nur mühsam die Tränen zurückhalten konnte. Aber sie hatte kein richtiges Mitleid mit ihm.

Sie sah Rosine an, die stand kreidebleich und mit wirren Haaren daneben und starrte auf irgendeinen Punkt in weiter Ferne. Als Evi den Jungen freigegeben hatte, sah Krümel auf seinem Unterarm noch den Abdruck von Evis Hand. Hajo zog den Pulloverärmel darüber und schlüpfte in seinen Anorak. Er hievte seine Mappe auf den Rücken, dann waren die vier startklar.

Wortlos stapften sie zur U-Bahn-Station.

Auch während der Fahrt sagte keines der Kinder ein Wort. Rosine saß teilnahmslos auf ihrem Sitz.

Krümel strich der kleinen Fee sacht über das blonde Haar. Wenn ich nur wüsste, was Hajo von ihr verlangt, dachte Krümel. Vor allem würde ich gerne herausbringen, wie viel er weiß. Aber Krümel konnte Rosine in diesem Moment nicht danach fragen, schließlich stand Hajo daneben und blickte finster an den drei Mädchen vorbei.

Die Rolltreppe trug die Kinder an die Oberfläche. Es war windig, aber nicht eisig kalt. Hin und wieder riss die Wolkendecke auf und einzelne Sonnenstrahlen blinkten über die Häuser. Hajo wollte Rosine beiseite bugsieren, aber Evi packte den Jungen vorne am Anorak.

»Um Punkt zwei ist Marlena wieder hier an der U-Bahn-Haltestelle und keine Tricks, sonst ...« Und Evi beutelte Hajo vor und zurück, dass sein Ranzen auf- und niederwippte.

Krümel trat zu Rosine, die immer noch dastand, so als ob sie das alles nichts mehr anginge. Krümel umarmte die kleine Fee.

Das schien Rosine aus ihrer Erstarrung zu lösen. Sie blickte Krümel in die Augen und lächelte zaghaft. »Mach dir keine Sorgen, Krümel«, sagte sie. »In einer halben Stunde bin ich zurück. Dann ist alles in Ordnung!« Und Rosine drückte Krümel einen Kuss auf die Stirn.

Hajo hatte zu seiner alten Form zurückgefunden. »Los jetzt!«, fauchte er. »Knutschen könnt ihr später auch noch!«

Er packte Rosine am Ärmel und zog sie hinter sich her auf einen kleinen Weg. Nach einer halben Minute waren die beiden hinter der nächsten Biegung verschwunden.

»Jetzt aber hinterher!«, rief Evi.

Krümel zögerte.

»Komm!«, brummte Evi ungeduldig. »Du glaubst doch nicht im Ernst, dass ich den Kerl mit Rosine alleine lasse!«

Krümel setzte sich in Bewegung. Evi hatte Recht. Hajo arbeitete mit allen Tricks, da mussten sich die beiden Mädchen auch nicht wortwörtlich an die Abmachung halten.

Vorsichtig lugten die zwei bei jeder Straßenkreuzung um

die Ecke und warteten, bis Hajo mit Rosine vor ihnen um die nächste gebogen war. Dann spurteten sie wieder los. Schließlich beobachteten sie, dass der Junge mit der kleinen Fee hinter einem großen kupferfarbenen Tor verschwand. Krümel und Evi bauten sich davor auf. Es war eine riesige Einfahrt, die von zwei Torflügeln verschlossen wurde. Daneben gab es noch eine kleine Tür, die auch aus Kupferblech gefertigt war. In den Mauerpfosten war ein messingfarbenes Schild eingelassen, darauf stand *Sueben*. Darüber war ein weißer Klingelknopf angebracht und die Gegensprechanlage.

Evi und Krümel trotteten die hohe weiße Mauer entlang bis zum Nachbargrundstück. Vielleicht gab es ja einen Nebenausgang oder eine niedrige Pforte, über die die Mädchen in den Garten blicken konnten. Sie schritten die Mauer zweimal ab, entdeckten aber weder eine Tür noch eine Lücke.

Evi trat unruhig von einem Fuß auf den anderen und sah alle zwei Minuten auf die Uhr. Krümel nahm ihren Ranzen ab, stellte ihn auf den Gehweg und setzte sich darauf. Zum Glück regnete es nicht. Gerade riss die Wolkendecke wieder auf und Krümel blinzelte in die aufblinkenden Strahlen. Es könnte alles so gut sein. Sie könnte mit Rosine schon längst daheim sitzen und sich die Spagetti aufwärmen. Und dann könnten sie Hausaufgaben zusammen machen so wie jeden Tag. Wenigstens würde Mama nicht vor halb acht zu Hause auftauchen. So musste Krümel zumindest nicht herumtelefonieren und ihr spätes Heimkommen erklären.

Zehntes Kapitel,

in dem etwas Fürchterliches geschieht

Krümel saß auf ihrem Ranzen und nach und nach wurde ihr doch kalt.

Evi tigerte weiter vor dem Tor auf und ab und sah gerade zum zwanzigsten Mal auf ihre Armbanduhr. »Jetzt reicht's aber!«, knurrte sie ungehalten. »Was bildet sich der Blödmann eigentlich ein? Es ist Viertel nach zwei. Was treibt der mit Rosine?!« Und Evi blieb vor dem riesigen Tor stehen. Sie starrte es an, als könne sie es allein durch ihren Blick auseinander sprengen.

»Ich klingle!«, sagte Krümel und stand auf. Sie fror inzwischen richtig. Auch sie hatte keine Lust mehr, wie bestellt und nicht abgeholt vor Hajos Gartentor zu sitzen. Sie drückte auf den weißen Klingelknopf.

Es dauerte eine kleine Ewigkeit, ehe die Gegensprechanlage summte und ein zaghaftes »Ja?« ertönte.

»Hajo!«, rief Krümel in die Lautsprecherschlitze. »Was ist los mit euch? Wo bleibt Ro…, äh, wo bleibt Marlena!«

Auf der anderen Seite blieb es für einen Moment still. Dann ertönte Hajos Stimme, wie immer etwas pampig: »Die ist doch schon längst unterwegs! Warum seid ihr nicht an der

U-Bahn-Station geblieben? Jetzt habt ihr sie verpasst!« Und das Summen des Lautsprechers erstarb.

Krümel schüttelte verwundert den Kopf. Was sollte das heißen? Wie sollte Rosine an ihnen vorbei zur U-Bahn-Station gelangt sein? Krümel blickte Hilfe suchend zu Evi.

»Klingle noch mal!«, knurrte Evi, die sich schneller gefasst hatte als Krümel. »Und frag den Dämlack, ob es auf der anderen Seite einen Ausgang gibt.«

Krümel tat, wie ihr geheißen.

Wieder schwieg Hajo einen Moment, dann brüllte er aus dem Lautsprecher: »Was soll denn der Quatsch? Natürlich gibt es keinen zweiten Ausgang. Verpisst euch endlich und sucht eure dämliche Marlena selber!«

Evi verlor die Geduld. »Klingle noch mal und erklär Hajo, dass er uns reinlassen soll. Das müssen wir mit ihm persönlich klären. Wenn es keinen zweiten Ausgang gibt, dann ist Rosine noch drin. Klarer Fall. Und der Knallkopf treibt grad irgendeine besonders ausgekochte Schweinerei!«

Krümel drückte also zum dritten Mal auf den Knopf. Sofort war Hajos Stimme zu hören. Sie überschlug sich fast, so wütend war der Junge. »Haut endlich ab! Ich will nichts mit euch zu tun haben!«

»Hajo«, sagte Krümel und versuchte so freundlich wie möglich zu klingen. »Sei so gut und lass uns rein. Wir müssen doch wissen, was mit Marlena los ist. Sie ist nicht aufgetaucht. Womöglich ist ihr was passiert!«

Krümel riss den Kopf von der Sprechanlage, so laut brüllte Hajo in den Lautsprecher: »Auf gar keinen Fall! Verschwindet endlich! Ich hab mit euch und eurer blöden Marlena nichts zu tun. Ich hab sie gar nicht gesehen!«

Krümel stierte entgeistert die Lautsprecherschlitze an. Was sollte das denn? Hajo war doch mit Rosine in dieses Haus verschwunden!

»Lass mich mal!«, sagte Evi und schob Krümel beiseite. »Du machst auf der Stelle dieses verdammte Tor auf. Oder ich schlag dir am Montag so lange auf deinen unterbelichteten Quadratschädel, bis dir die Ohren waagrecht wegstehen!«

Krümel war sprachlos. So würden sie doch nie in dieses Haus kommen! Aber zu ihrem grenzenlosen Erstaunen summte die Türöffneranlage.

Evi warf sich geistesgegenwärtig gegen die Torflügel. »Na bitte!«, murmelte sie. »Man muss nur vernünftig reden mit den Leuten, dann geht einiges!«

Die beiden Mädchen stapften einen leicht geschwungenen Weg entlang, der vom Tor durch einen gepflegten, herbstlichen Garten zum Haus führte. In der geöffneten Tür stand Hajo und wirkte in diesem Augenblick gar nicht mehr so selbstsicher. Er trat sogar einen Schritt zurück und ließ die Mädchen in die großzügige Diele. Dort wand sich eine breite Marmortreppe in den ersten Stock. An deren Fuß waren verschieden große Sofas aus schwarzem Leder gruppiert, eingerahmt von riesigen roten Teppichen. Krümel war noch nie in einem solchen Haus gewesen und blieb ehrfürchtig vor den Teppichen stehen. Evi dagegen zeigte sich unbeeindruckt, ließ ihren Ranzen von der Schulter gleiten und stellte ihn krachend auf die rotbraunen Fliesen.

»Also!«, sagte sie und trat einen Schritt auf Hajo zu. Der hatte sich zu dem gläsernen Couchtisch zurückgezogen. »Wo ist Marlena?«

Hajo zuckte mit den Schultern und blickte an den Mädchen vorbei in die Glasvitrinen hinter ihnen. »Die ist schon vor einer halben Stunde weg. Sie hätte leicht um zwei an der U-Bahn-Station sein können. Wenn ihr dort geblieben wärt, hättet ihr sie getroffen! Ihr habt euch nicht an die Abmachung gehalten, das kommt davon!«

Als ob Hajo schon einmal eine Abmachung eingehalten hat, dachte Krümel. Er hat noch jede gebrochen, wenn es ihm in den Kram gepasst hat. Und dann hörte sie auf zu denken und blickte angestrengt auf das rotschwarze Teppichmuster unter dem Glastisch. Von weit her drang Evis Stimme, die auf Hajo einredete.

Krümel trat mit ihren schweren Winterstiefeln vorsichtig auf den knöcheltiefen Teppich. Schritt für Schritt arbeitete sie sich näher an das Ding heran, das unter dem Glastisch lag. Dabei wurde sie immer sicherer, dass der Gegenstand das war, wofür sie ihn hielt. Krümel bückte sich. Ganz wohl war ihr nicht dabei und dann hielt sie ihn in der Hand – Rosines Zauberstab. »Und was ist das hier?«, fragte sie Hajo.

Der drehte sich zu Krümel um, riss die Augen auf und wurde kreidebleich im Gesicht.

»Und jetzt Klartext!«, sagte Evi. »Wo ist Marlena! Wir hätten jetzt gerne eine Erklärung!« Und dann stockte sie und stellte sich auf die Zehenspitzen.

Krümel sah ihr erstaunt zu.

Evi renkte sich fast den Hals aus. Denn sie wollte über das Sofa nach unten auf den Boden sehen. Das funktionierte aber nicht richtig. Evi gab auf und schritt um die Couch herum. »Aha!«, sagte sie. »Und was haben wir da!« Sie griff nach unten und hob etwas auf.

Als sie um das Sofa wieder herumgegangen war, konnte Krümel erkennen, was Evi herbeischleppte, Marlenas Schulmappe!

Hajo starrte abwechselnd die Mädchen an: Krümel, die Rosines Zauberstab in der Hand hielt, und Evi, die sich auf Marlenas Schulmappe aufstützte. Der Junge tat nun etwas, was die beiden, solange sie ihn kannten, noch nie gesehen hatten. Er schlug die Hände vors Gesicht, stöhnte auf und ließ sich auf das Sofa fallen. Dann begann er zu weinen. »Ich kann nichts dafür!«, schluchzte er. »Ich kann wirklich nichts dafür!«

»Schon gut!«, sagte Evi. »Das interessiert uns im Moment noch überhaupt nicht, ob du was dafür kannst oder nicht! Ich will, dass du uns erzählst, was mit Marlena passiert ist. Und zwar der Reihe nach, so wie du das bei Frau Lennert gelernt hast. Mit Einleitung, Hauptteil und Schluss! Das heißt, die Einleitung kannst du weglassen, die kennen wir!«

Hajo schluchzte immer noch, nahm aber dann die Hände vom Gesicht und begann stockend zu berichten. Dass er Marlena deshalb den Zauberstab weggenommen hatte, weil er überzeugt war, sie könne zaubern. Deshalb habe er sich von ihr drei Wünsche erfüllen lassen wollen.

Krümel riss es fast nach vorne. Doch Evi packte sie am Arm, damit sie den Jungen nicht unterbrach. Hajo wusste, dass Rosine zaubern konnte. Das war doch eine Katastrophe! Aber er sprach immer von Marlena, dann hatte er anscheinend nicht begriffen, dass es zwei Marlenas gab.

Krümel hielt also den Mund und Hajo erzählte weiter. Marlena sei mit ihm in die Wohnung gekommen. Er habe ihr den Zauberstab gegeben. Sie habe ihn hochgehalten, da seien seltsame Sternchen erschienen und hätten Marlena eingehüllt. Er habe erschrocken die Augen geschlossen. Als er sie wieder geöffnet habe, da sei Marlena verschwunden gewesen. »Einfach weg!«, schluchzte Hajo. »Sie war einfach weg, nicht mehr da. Auf dem Sofa hatte sie gesessen.« Er zeigte auf den Zweisitzer, der ihm gegenüberstand. »Und dann war sie weg!«

»Und?«, fragte Krümel lauernd. »Hat sie dir deine Wünsche erfüllt?« Denn das war schließlich der springende Punkt. Wenn Rosine Hajo die drei Wünsche erfüllt hatte, dann war sie sofort in das Feenreich katapultiert worden, direkt unter die stahlblauen Augen von Fragale. Aber so blöd konnte

Rosine doch nicht gewesen sein! Wenn sie den Zauberstab in Händen gehalten hatte, konnte sie sich auch gegen Hajos Erpressungsversuche wehren.

»Aber dazu ist sie doch gar nicht mehr gekommen!«, rief Hajo empört. »Ich hab ihr den ersten Wunsch genannt. Sie hat erklärt, dass sie dazu den Zauberstab braucht. Ich hab ihn ihr gegeben. Und dann ...«

»Schon gut, schon gut!«, unterbrach ihn Evi, die sich durch einen Blick mit Krümel verständigt hatte. Beiden Mädchen war klar, was das hieß: Die Feen hatten Rosine zurückgeholt, ganz ohne ihr Zutun. »Das wissen wir jetzt schon. Was uns noch mehr interessiert, ist, wie du auf die Schnapsidee gekommen bist, dass Ro..., äh, dass Marlena zaubern kann?«

Gute Frage, dachte Krümel.

»Das habe ich doch gesehen!«, rief Hajo. »Sie kann zaubern, immer bei Vollmond!«

»Bei Vollmond!«, kreischte Evi und wand sich vor Lachen. »Bei Vollmond! Hajo ist mondsüchtig, schau einer an. Ich fass es nicht!«

Hajo war die Sache sichtlich peinlich, denn er starrte von einem Mädchen zum anderen und sagte erst einmal nichts.

»Soo«, rief Krümel gedehnt. »Wo hast du denn gesehen, dass Marlena zaubern kann?«

Hajo zierte sich ein wenig. Aber dann rückte er doch mit der Sprache heraus. Dass er die Mädchen ständig beobachtet habe. Dass er in den Pausen um sie herumgeschlichen sei, schon vor Monaten. Und dabei habe er gehört, wie Krümel zu Evi und Marlena gesagt habe, bald sei es so weit. Dann sei Marlena eines Tages nicht in der Schule gewesen und er sei Krümel hinterher …

Aha, dachte Krümel, das war der Tag, an dem Rosine und Marlena die Rollen getauscht hatten. Ich hab mir das also nicht eingebildet. Als ich zu Opa lief, war jemand hinter mir. Und das war Hajo!

»Und da hab ich dann im Garten von Krümels Opa Marlena gesehen, wie sie in einem langen Kleid und mit dem Zauberstab was gezaubert hat! Und damals war Vollmond! Als Marlena mich mit dem Zauberstab durch die Luft fliegen ließ, da war auch Vollmond. Und heute ist auch Vollmond. Deshalb wollte ich ja heute Marlena den Stab zurückgeben, damit sie mir drei Wünsche erfüllen kann!«

»Alles klar!«, sagte Evi und zwinkerte Krümel zu. »Da bist du schön reingefallen, mein Junge. Wer hat dir denn den Floh mit der Mondkiste ins Ohr gesetzt? Dir kann man ja fast alles erzählen. So, und jetzt hör mal gut zu. Marlena hat einen Onkel, der zaubert. Trickmäßig, du verstehst? Wie im Zirkus, ja? Den einen oder anderen Trick bringt er Marlena bei. Der Zauberstab ist nichts anderes als ein hohles Rohr, in dem Wunderkerzen stecken. Die brennt man ab und während der Zuschauer die Augen zukneift, zieht man Leine. So einfach ist das. Hat der Zuschauer die Augen wieder offen, ist man weg. Kapiert?«

Hajo starrte Evi ungläubig an. »Das ist alles?«

»Das ist alles!«, bestätigte Evi.

Hajo stierte eine Weile schweigend vor sich auf den Teppich. Dann begann es in seinem Hirn zu arbeiten. Er war gemein, aber nicht blöd. Irgendetwas an Evis Geschichte irritierte ihn. »Und warum macht ihr dann so einen Tanz um die verschwundene Marlena? Wenn ihr genau wisst, dass alles nur ein Trick war?«, fragte Hajo und blickte die Mädchen herausfordernd an.

Und wieder einmal war Krümel von Evis Schlagfertigkeit angenehm überrascht. »Weil wir nicht wussten, ob der Trick wirklich funktioniert und weil wir Marlena tatsächlich verpasst haben. Und schließlich hätte ihr Verschwinden auch bedeuten können, dass du, mein Lieber, eine besonders ausgekochte Schweinerei mit ihr angestellt hast, nicht wahr? Das ist nicht ganz ausgeschlossen, nicht, du Mistkerl?«

Hajo schwieg betreten. Diese Erklärung hatte ihn anscheinend überzeugt.

Evi hievte ihre Mappe auf den Rücken, packte Marlenas Schulranzen und winkte Krümel mit den Augen zu. Sie sollten besser verschwinden, ehe Hajo auffiel, dass an der Geschichte noch mehr nicht ganz stimmen konnte. Aber er würde sein Erlebnis sicher nicht weitererzählen. Denn in der Schule zu verkünden, dass Marlena bei Vollmond zaubern könne, damit würde er sich nur lächerlich machen. Und das wollte Hajo auf keinen Fall!

Elftes Kapitel,

in dem das Tohuwabohu ausbricht

Evi und Krümel liefen im Eilschritt zur U-Bahn. Sie wollten möglichst schnell möglichst viele Meter zwischen sich und Hajo bringen.

»Also«, keuchte Evi, »was ist jetzt genau passiert?«

»Die Feen haben Rosine zurückgeholt. Und wir stecken bis zum Hals in Schwierigkeiten, das ist passiert«, antwortete Krümel.

»Bist du dir da ganz sicher, ja?«, fragte Evi und blieb stehen. Sie waren vor der Rolltreppe zum U-Bahn-Schacht angekommen.

»Dass wir bis zum Hals in Schwierigkeiten stecken, da bin ich mir ganz sicher!«, knurrte Krümel. »Vor allem wenn Marlena morgen nicht in die Schule kommt. Außerdem müssen wir ihrem Vater heute Abend noch erklären, wo seine Tochter abgeblieben ist!«

»Gut, gut«, brummte Evi. »Das ließe sich regeln. Aber dass die Feen Rosine zurückgeholt haben, davon bist du überzeugt, ja?«

Krümel stöhnte und hastete die Rolltreppe hinunter. »Evi!«, rief sie ungehalten. »Rosine hätte doch niemals ihren

Zauberstab liegen lassen. Niemals! Es sei denn, jemand katapultiert sie gegen ihren Willen von einer Welt in die andere.«

»Und wenn sich Rosine einfach von der Feenwelt wieder in unsere zurückzaubert? Vielleicht sitzt sie morgen vergnügt in der ersten Stunde in der Schule. Dann müssen wir hier kein Drama veranstalten und Marlena aus Amerika zurückbeordern und so weiter.«

Krümel schlug sich mit der Hand vor die Stirn. »Evi!«, rief sie noch einmal. »Rosine kann sich nicht zurückzaubern, weil sie keinen Zauberstab hat. Den hab ich im Schulranzen! Und ohne den kann sie nicht zurückkommen. Auch wenn sie es noch so sehr will! Außerdem haben die Feen sie zurückgeholt. Das heißt, dass sie Rosine keine Sekunde aus den Augen lassen. Und sie steckt bestimmt auch bis zum Hals in Schwierigkeiten!«

»Dann haben wir wenigstens etwas gemeinsam«, brummte Evi mutlos. »Na, dann pack dein Handy aus und ruf Marlena an, damit sie möglichst schnell zurückkommt. Und was machst du mit Herrn Bäumler?«

Krümel zuckte die Schultern. Da musste Opa mithelfen! Sie kramte Marlenas Mobiltelefon aus der Mappe.

»Wie spät ist es denn jetzt in San Francisco?«, fragte Evi zerstreut.

»Das ist mir völlig egal«, knurrte Krümel. Sie warf einen Blick auf ihre Armbanduhr und fuhr erschrocken zusammen. »Hier ist es jedenfalls halb sieben.«

Sie mussten sich auf jeden Fall beeilen, um die verkorkste Situation in den Griff zu bekommen. Krümel wählte Marlenas Nummer.

Marlena nahm sofort ab, flüsterte aber kaum hörbar in das Telefon: »Mensch, Krümel, das ist aber der dümmste Zeitpunkt! Ich sitz hier im Unterricht. Es ist halb zehn!«

Aha, dachte Krümel, jetzt weiß ich wenigstens, wie spät es in San Francisco ist. Dann erzählte sie im Telegrammstil, was passiert war.

Marlena schimpfte anschließend, immer noch flüsternd, auf Hajo. Obwohl der ja mit Rosines Verschwinden nicht direkt etwas zu tun hatte. Sie erklärte, dass sie ihn tüchtig verprügeln werde, sobald sie zurück sei. Krümel sagte dazu nichts. Schließlich tröstete Marlena ihre Freundin und versprach, spätestens am Sonntagabend bei ihr zu sein. Sie solle sich mal keine Sorgen machen.

»Sonntagabend«, stöhnte Krümel. »Du hast Nerven! Und wie erkläre ich deinem Vater, warum du am Donnerstagabend nicht zu Hause bist und erst am Sonntag kommst?«

»Ach, Mist«, knurrte Marlena. Dann sagte sie eine Weile lang gar nichts. »Okay, pass auf. Ich ruf in den nächsten Minuten meinen Vater an. Der wird wohl schon zu Hause sein. Ich sag, mir geht's nicht gut. Ich hätte mich erkältet oder so. Wir seien zu Opa gefahren und da würde ich dann auch bleiben. Er soll am Freitagmorgen in der Schule anrufen und mich entschuldigen. Und dann ruf ich am Freitag und Samstag bei ihm an und behaupte, dass es mir immer noch nicht gut geht. Das muss dann irgendwie gehen. Und du kannst ja deinen Opa bitten, dass er hin und wieder bei meinem Vater anruft und ihn beruhigt.«

Krümel verdrehte die Augen. Es war der dümmste Plan, den sie je gehört hatte. Aber ihr würde nichts anderes übrig bleiben, als zu tun, was Marlena vorschlug. Ihr fiel ja auch nichts Besseres ein. »Gut«, sagte sie deshalb, »wir machen das so. Ich ruf wieder an, wenn irgendwas los ist!«

Krümel legte auf und wählte Opas Nummer. Es dauerte eine Weile, bis sie ihm die verzwickte Situation und Marlenas Plan erklärt hatte.

Opa nahm die Sache diesmal nicht so leicht. Er sah da auch größere Schwierigkeiten auf sich zukommen. Wie Krümel war er davon überzeugt, dass die Feen Rosine zurückgeholt hatten. »Du musst heute Nacht auch bei mir bleiben«, sagte Opa. »Sonst glaubt Jupp die Geschichte nie. Ich werde deine Mutter und Jupp anrufen. Du musst morgen halt früher aufstehen und von hier aus in die Schule gehen! Sieh zu, dass du bis halb acht hier bist. Ich muss nämlich in die Chorprobe!«

»Das schaff ich nie!«, rief Krümel. »Ich muss doch vorher nach Hause!«

»Ja warum denn?«, fragte Opa erstaunt.

»Weil ich meine Schulsachen für Freitag nicht dabeihabe!«, erwiderte Krümel empört über so viel schulischen Unverstand.

Opa seufzte leise, sagte aber nichts. Er wusste, dass es keinen Sinn hatte, seine Enkelin darauf hinzuweisen, dass man es mit dem Pflichtgefühl übertreiben konnte. »Du weißt, wo der Schlüssel liegt?«, fragte er nur noch.

Krümel bejahte. Opas Häuschen hatte ein tief heruntergezogenes Dach, so tief, dass sogar Krümel in die Regenrinne greifen konnte, ohne sich auf die Zehenspitzen zu stellen. Dort deponierte Opa in solchen Fällen den Haustürschlüssel. Über das Gartentor würde Krümel klettern müssen, aber das tat sie ohnehin fast immer. Nur musste sie diesmal nicht nur ihren, sondern auch Marlenas Ranzen mitschleppen.

Krümel steckte das Mobiltelefon ein und nickte Evi zu. Die packte Marlenas Ranzen, den sie noch bis in Krümels Wohnung tragen wollte. Krümel war ihr sehr dankbar dafür. »Sag mal«, murmelte sie dann. »Ich denk da schon die ganze Zeit drüber nach. Was glaubst du wohl, hat Hajo sich von Rosine gewünscht?«

Evi bedachte Krümel mit einem verwunderten Blick und machte eine wegwerfende Handbewegung. »Was wohl?«, knurrte sie ungehalten. »Drei neue Computerspiele wahrscheinlich. Oder einen Sportwagen mit Fahrer. Oder einen Fernseher mit Joystick. Oder dass er Präsident der Vereinigten Staaten wird. Was weiß ich! Ist doch egal!«

Krümel war das nicht egal. Sie interessierte es schon, was ein verwöhnter Junge wie Hajo, der sowieso alles bekam, was man kaufen konnte, sich von einer Fee wünschte.

Als die Mädchen die U-Bahn-Station verließen, spornte Krümel Evi zur Eile an. Sie wollte keinesfalls ihrer Mutter in die Arme laufen. Das sollte Opa telefonisch erledigen. Tatsächlich kamen die beiden Mädchen ungesehen in Krümels Zimmer. Krümel präparierte beide Ranzen für den Freitagstundenplan. Marlenas Mappe hätte sie weder umpacken noch zu Opa schleppen müssen. Schließlich würde Marlena sie erst am Montagmorgen brauchen. Aber wie sollte sie erklären, wie Marlenas Tasche in Frau Schmellers Wohnung geraten war? Wenn doch beide Mädchen angeblich von Donnerstagabend bis Sonntag in Opas Häuschen gewesen waren! Und außerdem hatte Krümel immer noch die vage Hoffnung, dass Rosine auftauchen würde. Dann würde sich diese vermaledeite Geschichte in Wohlgefallen auflösen.

Krümel und Evi nahmen die Taschen und sahen zu, dass sie aus der Wohnung kamen. Krümel zog die Tür zu und schloss ab.

»Ja, Krümel, was machst du denn hier?«, fragte Herr Bäumler. Er stand auf seiner Türschwelle und blickte fassungslos die beiden Mädchen an.

»Äh«, machte Krümel und ließ ihre Mappe fallen. Das krachende Geräusch neben ihr zeigte, dass Evi Marlenas Tasche auch losgelassen hatte.

»Ich dachte, ihr seid bei Opa. Marlena hat mich doch gerade angerufen und gesagt, dass es ihr nicht gut geht und dass ihr beide bis morgen bei ihm bleibt.«

Evi fasste sich wie immer schneller als Krümel. »Genau«, sagte sie. »Wir haben nur Marlenas Schultasche umgepackt, damit sie für morgen fit ist und in die Schule gehen kann, wenn es ihr besser geht.«

»Aha«, sagte Herr Bäumler. »Und ihr hättet nicht beide hierher kommen können? Geht es Marlena denn so schlecht? Habt ihr einen Arzt geholt?«

Das waren eine Menge Fragen, fand Krümel. Und sie hatte auf keine einzige eine überzeugende Antwort. Evi öffnete gerade den Mund, da ertönte ein durchdringendes Klingeln aus Herrn Bäumlers Wohnung.

»Telefon!«, rief Krümel erleichtert.

»Ja, also«, murmelte Herr Bäumler verwirrt. Er wusste nicht so recht, ob er ans Telefon gehen oder weiter Krümel über seine Tochter befragen sollte.

»Wir gehen dann los!«, rief Krümel. »Ich muss zu Marlena. Es geht ihr morgen bestimmt besser. Sie ist nur erkältet. Das wird schon wieder!«

Entschlossen packte sie ihre Mappe und Evi nahm Marlenas. Dann sprangen die beiden so schnell die Treppen hinunter, dass Herr Bäumler ihnen nichts mehr hinterherrufen konnte. Er wandte sich um und ging kopfschüttelnd in seine Wohnung zurück.

»Hoffentlich war das Opa«, sagte Krümel, als die beiden an der Straßenbahnhaltestelle standen. »Und hoffentlich hat er eine glaubhafte Erklärung für Herrn Bäumler auf Lager.«

»Bestimmt!«, behauptete Evi. Dann gab sie Krümel die Hand. »Mach's gut, Krümel, bis morgen. Ich drück dir alle Daumen!«

»Bis morgen«, sagte Krümel und wuchtete mit Evis Hilfe beide Mappen in die Tram.

Zwölftes Kapitel,
in dem Krümel eine Entscheidung treffen muss

Als Krümel vor Opas Gartentor stand, war es stockdunkel. Sie stellte schwitzend vor Anstrengung Marlenas Mappe ab. Opa hatte die Außenbeleuchtung über seiner Haustür brennen lassen, aber die gab nur einen Lichtpunkt am Ende des Weges ab. Die Bäume rauschten in dem eiskalten Wind. Am Himmel jagten Wolken über eine volle Mondscheibe. Es war tatsächlich Vollmond.

Krümel hievte zuerst Marlenas und dann ihren eigenen Ranzen über das Gartentor. Sie ließ sie auf den Weg plumpsen. Ein heiseres Knurren ertönte. Krümel zuckte zusammen und starrte auf die Pflastersteine, die eine geschwungene Bahn zu dem Licht bildeten. Dann bewegte sich etwas schemenhaft aus den Büschen am Gartenzaun direkt auf das Tor zu. Krümel wich ein Stück zurück. Erst als der Hund seine riesige Schnauze an das Eisengitter presste und nicht mehr knurrte, begriff Krümel, dass Aloisius vor ihr stand. Er winselte freudig.

Opa hatte den Bernhardiner draußen gelassen. Wahrscheinlich damit sich Krümel sicherer fühlte, wenn sie den dunklen Weg zum Häuschen allein entlanglaufen musste.

Krümel seufzte erleichtert. Sie sprach beruhigend auf Aloisius ein, während sie über das Gartentor kletterte. Aloisius sprang um sie herum und stupste sie mit seiner Schnauze an. Krümel packte mit jeder Hand eine Schultasche und stapfte auf Opas Häuschen zu. Jetzt erst bemerkte sie, wie erschöpft und hungrig sie war. Sie freute sich auf Opas Sofa und auf eine warme Mahlzeit, die sicher auf dem Herd bereitstand. Sie stolperte einige Schritte weiter, als Aloisius am ganzen Hundekörper zu zittern begann und ihr mit der Schnauze in die Kniekehlen stieß. Ganz tief aus seinem Rachen kam ein dunkles Knurren.

Krümel ließ beide Mappen fallen. Sie starrte erschrocken nach rechts und nach links in die Büsche. Ihr war, als bewegten sie sich. Auch die Bäume schienen zu tanzen. Krümels Hand griff nach Aloisius' Nacken und verkrampfte sich in seinem Fell. Und dann blickte Krümel geradeaus auf den Weg. Im Hintergrund leuchtete die Außenlampe und davor stand etwas. Eine Gestalt, eine Gestalt, die einen langen Gegenstand in der Hand hielt. Krümel dachte gar nichts. Sie starrte nur nach vorne und verharrte stocksteif in ihrer Position. Über ihrem Kopf zogen die Wolken hinweg, der Wind fuhr brausend durch die Sträucher und Bäume und Aloisius' Fell sträubte sich. Dann zuckte doch ein Gedanke durch Krümels Kopf: Jetzt ist es aus!

In diesem Augenblick flammte ein Licht auf. Krümel begriff nicht, woher es kam. Aber alles um sie herum war in gleißende Helligkeit getaucht. Krümel schloss die Augen und wünschte sich umzufallen und nichts mehr wahrzunehmen. Einfach weg sein, verschwunden. Aloisius winselte leise und sie spürte, dass eine zitternde Bewegung durch den Hundekörper wanderte.

»Krümel«, sagte eine Stimme. »Krümel, mach doch die Augen auf! Was ist denn? Hab ich dich erschreckt?«

Krümel kannte die Stimme, eine weibliche Stimme. Sie öffnete die Augen. Aber zuerst begriff sie trotzdem nicht, wer diese Gestalt mit den verwuschelten roten Haaren, dem bodenlangen Flickenrock und dem Besen in der Hand war.

»Hör mal, Krümel. Ich hab nicht viel Zeit. Du musst jetzt genau aufpassen, was ich dir sage!«

Aurelia! Endlich wusste Krümel, wer die Gestalt vor ihr war. Aurelia, die Wetterhexe, mit der Rosine und sie im letzten Frühjahr von Hamburg nach München geflogen waren. Aurelia, die Fragale aus dem Feenreich geohrfeigt hatte, obwohl sie als Zeugin vor das Feengericht geladen worden war.

Zum Zeichen, dass sie zuhörte, löste Krümel ihre Finger aus Aloisius' Fell und nickte. Sprechen konnte sie immer noch nicht, dazu saß der Schreck zu tief.

»Hier«, sagte Aurelia und hielt dem verdutzten Mädchen den Besen hin. »Damit fliegst du ins Feenreich. Rosine ist in großen Schwierigkeiten. Du musst ihr helfen. Bring ihr den Zauberstab, den du heute Hajo abgenommen hast.«

Krümel konnte immer noch nichts sagen, so erstaunt war sie darüber, dass Aurelia wusste, woher sie Rosines Zauberstab hatte. Aber dann fiel ihr ein, dass Wetterhexen durch alle Welten fliegen und dass Aurelia schon einmal Rosine beobachtet hatte, als die bei Krümel lebte.

»Und außerdem«, fuhr Aurelia fort, »nimmst du eine Schere mit!«

»Eine Schere?«, rief Krümel und fühlte wieder Boden unter den Füßen. »Ja gibt's denn im Feenreich keine Scheren?«

»Krümel«, erwiderte Aurelia ungehalten. »Es ist jetzt nicht die Zeit für dumme Scherze!«

Krümel war sich gar nicht bewusst, dass sie einen Witz gerissen hatte. Sie war nur ehrlich verwundert darüber, dass es im Feenreich keine Scheren geben sollte. Notfalls konnte man sich dort doch welche herbeizaubern.

Aurelia trat einen Schritt auf Krümel zu, hielt den Besenstiel vor Krümels Gesicht und drückte auf seine Oberfläche. Ein kreisrundes Instrument wurde sichtbar. Darauf waren rote Pfeile, die in alle Richtungen zeigten. »Hier drückst du, wenn du nach rechts, links, oben oder unten ausweichen musst. Das Navigationssystem ist auf Automatik eingestellt. Es führt dich direkt zu Rosine. Aber es kann sein, dass Hindernisse auftauchen, die nicht gespeichert sind. Dann musst du von Hand korrigieren. Das kommt immer mal wieder vor. Eure Navigationssysteme sind ja auch nicht perfekt.« Aurelia grinste. »Neulich ist ein Mensch mit seinem Auto in die Havel gefallen, weil die Brücke, die sein Navigationssystem noch gespeichert hatte, inzwischen abgerissen war.« Aurelia stützte sich auf ihren Besen und krümmte sich vor Lachen. Dann gab sie den Besen Krümel in die Hand. Im selben Augenblick hatte sie einen zweiten vor sich, schwang sich darauf und rief: »Vergiss die Schere nicht, Krümel, und natürlich auf gar keinen Fall Rosines Zauberstab. Und beeil dich. Rosine braucht dich!«

Ehe Krümel etwas erwidern konnte, hatte Aurelia schon vom Boden abgehoben, sauste nach oben und verschwand hinter den vorüberjagenden Wolken.

Aloisius stupste mit seiner Schnauze Krümel an. Das Mädchen setzte sich gedankenverloren in Bewegung. In jeder Hand schleppte sie eine Schulmappe und Aurelias Besen hatte sie sich unter die Achsel geklemmt. Krümel fischte den Schlüssel aus der Regenrinne.

Als Krümel in Opas Wohnküche stand, war ihr zum ersten Mal an diesem Tag richtig warm. Sie lehnte Aurelias Besen an das Küchenbuffet. Der Raum roch verführerisch nach Reisauflauf. Sie schob die Auflaufform in den Backofen. Dann legte sie ein paar Kohlen in Opas altmodischen Ofen nach, vor dem Aloisius schon lag und vor sich hin schnorchelte. Sie aß zwei volle Teller und trank den Tee dazu, den Opa in einer Thermoskanne bereitgestellt hatte. Als Krümel den letzten Bissen in den Mund schob, fiel ihr Blick auf Aurelias Besen. *Beeil dich*, hatte die Wetterhexe gesagt und: *Rosine braucht dich.*

Krümel kaute ganz langsam, dann schluckte sie. Kein

Mensch konnte von ihr verlangen, dass sie mit diesem Ding bei Wind und Wetter durch die Nacht flog! Aurelia ist schließlich kein Mensch, dachte Krümel. Sie betrachtete den Besen. Er hatte einen ganz normalen Stiel und unten bauschte sich ein Reisigbündel. Auf dieser dünnen Stange sollte sie sitzen und hoch über den Wolken zu Rosine sausen? Unten würden spielzeugklein die Häuser, Wälder und Straßen zu sehen sein. Krümel schüttelte sich. Und dann sollte sie im Feenreich landen, in einer Welt, die Krümel noch fremder war als die Antarktis oder der Himalaja.

Rosine ist in großen Schwierigkeiten, hörte Krümel die Wetterhexe sagen und: *Beeil dich.* Wenn Krümel wenigstens jemanden gehabt hätte, den sie fragen könnte. Opa war in der Chorprobe. Und wenn sie ihn gefragt hätte, dann hätte er ihr verboten mit Aurelias Besen durch die Gegend zu fliegen. Da war sich Krümel sicher. Opa hätte einfach dafür gesorgt, dass sie zu Hause blieb. Aber das war keine Lösung, schließlich musste Krümel entscheiden, ob sie Rosine helfen wollte. Sie hätte Evi oder Marlena anrufen können. Doch was hätten ihr die Mädchen schon raten können?

Vergiss die Schere nicht und natürlich auf gar keinen Fall Rosines Zauberstab.

Krümel stand auf und räumte das Geschirr weg. Dann kramte sie aus dem riesigen Kleiderschrank in Opas Schlafzimmer ihren kleinen Rucksack hervor, den sie bei Ausflügen immer dabeihatte. Sie öffnete ihre Schultasche und zog Rosines

Zauberstab heraus. Ganz sacht strich sie über die kühle, schimmernde Oberfläche. Krümel hatte ihn nicht oft in der Hand gehalten. Es war jedes Mal ungewohnt und unheimlich. Sie verstaute den Stab, holte Opas überlange Schere aus der Tischschublade, packte vom Obstteller zwei Äpfel mit in den Rucksack und füllte ihre Pausenflasche mit Mineralwasser auf. Man konnte nie wissen, wann man Durst und Hunger bekam.

Der Rucksack thronte verschlossen auf dem Tisch und Aurelias Besen lehnte immer noch an Opas Küchenbuffet. Zögernd streckte Krümel die Hand aus und schob die Finger über den Besenstiel. Ein ganz leises surrendes Geräusch ertönte. Dann blickte Krümel auf das winzige kreisrunde Steuerungssystem. Die roten Pfeile leuchteten und obwohl die Scheibe nicht größer als der Stiel war, konnte Krümel die Aufschrift deutlich erkennen: *oben, unten, vorwärts, rückwärts, rechts, links.*

Krümel blickte auf den Bernhardiner, der im Schlaf schmatzte. Wahrscheinlich träumte er von einem überdimensionalen Knochen. Krümel seufzte tief. Sie nickte, schlüpfte in ihre Winterstiefel und den blauen Anorak, zog die Kapuze vorne fest zu und nahm die Handschuhe. Sie warf sich den Rucksack über die Schultern und packte den Besen. Dann stellte sie ihn wieder hin. Opa würde vor Angst und Sorgen verrückt werden, wenn er heimkäme und sie nicht schlafend auf dem Sofa vorfände. Krümel zog Stift und Notizblock aus der Küchenschublade. Sie schrieb mit großen Buchstaben und in Druckschrift, damit Opa den Zettel auch wirklich lesen konnte:

Lieber Opa,
bin mit Aurelias Besen ins Feenreich geflogen. Muss Rosine helfen und ihr den Zauberstab und eine Schere bringen. Habe deine aus der Schublade genommen. Mach dir keine Sorgen, ich komme so schnell wie möglich zurück.
Krümel

Krümel seufzte noch einmal, streifte die Handschuhe über und griff entschlossen nach dem Besen. Aloisius hob schlaftrunken den Kopf. Krümel wischte aus der Haustür, bevor sich der Hund erhoben hatte und ihr nachspringen konnte. Sie wollte ihn nicht in den Garten lassen. Wer wusste schon, wann Opa in dieser Nacht heimkam.

Draußen nieselte es und der Wind pfiff schneidend durch den Garten. Krümel stellte sich auf den gepflasterten Weg und blickte in den Himmel. Der Mond war eine kreisrunde, weiß glänzende Scheibe. Gezackte Wolken fegten ruckartig über ihn hinweg, verbargen ihn für Sekunden und ließen ihn wieder sichtbar werden. Krümel wurde vom bloßen Zusehen schwindelig. Sie betrachtete den Besen in ihrer Hand, gab sich schließlich einen Ruck, hielt ihn waagrecht und schwang sich darauf. Und ehe sie sich's versah, wurde sie hochgehoben und jagte den Wolken hinterher.

Dreizehntes Kapitel,

in dem das Tohuwabohu anhält

Anfangs klammerte sich Krümel starr an den Besenstiel und hielt die Augen krampfhaft geschlossen. Es war nicht ganz so kalt, wie sie befürchtet hatte. Der Regen schlug ihr zwar mit tausend winzigen Nadelspitzen ins Gesicht, aber Krümel fror auch nicht stärker als am Nachmittag.

Nach einer Weile öffnete sie die Augen. Weißliche Schleier huschten an ihr vorüber. Über ihr stand unbeeindruckt die weiße, kreisrunde Scheibe des Mondes. Schließlich wagte sie nach unten zu sehen. Die Wolken zogen vom Mondlicht schemenhaft beleuchtet unter ihr hinweg. Was tiefer lag, das war nur eine schwarze Masse, aus der ab und an ein Lichtpunkt herausblitzte. Krümel glaubte manchmal, Häuser zu erkennen. Aber ganz sicher war sie sich da nicht. Sie wusste auch nicht, wie lange sie schon so über den Wolken dahinflog. Ihre Hand vom Besenstiel zu lösen und auf ihre Armbanduhr zu sehen, traute sie sich nicht. Sie hätte nicht einmal sagen können, ob sie bereits stunden- oder nur minutenlang durch die Nacht jagte.

Schließlich zogen immer weniger Wolken an ihr vorbei, der Regen hörte auf und die Nacht war sternenklar. Der Wind, der dem Mädchen so schneidend ins Gesicht geblasen hatte, wurde lau und angenehm. Und Krümel störten die Handschuhe, in denen sie zu schwitzen begann. Auch hätte sie gerne die Kapuze zurückgeschoben. Aber sie schreckte immer noch davor zurück, sich auch nur einen Millimeter zu bewegen.

Der Mond war größer geworden. Krümel konnte Berge und Krater erkennen. Auch die Sterne hatten sich in riesige, silbern blinkende Haufen verwandelt. Dann wurden Mond und Sterne durchsichtig. Krümel hatte keine Zeit, sich darüber zu wundern. Alles um sie herum verschwamm und farbige Spiralen drehten sich um das Mädchen. Die Farben wanden sich um Krümel, flossen ineinander, grenzten sich wieder scharf voneinander ab, bildeten Muster und Ornamente. Sie hätte nicht sagen können, ob sie noch flog oder ob der Besen in der Luft Halt gemacht hatte. Auch wusste sie nicht, ob sie sich vorwärts, rückwärts, nach oben oder nach unten bewegte oder ob sie auf dem Kopf stand.

Nach einer Weile verschwanden die Farben schlagartig und es wurde hell. Krümel blinzelte in eine gleißende, hoch an einem tiefblauen Himmel stehende Sonne. Krümel blickte erstaunt nach unten. Sanfte sattgrüne Hügel erhoben sich über Laubwäldern und Wiesen, durch die sich schmale türkisfarbene Flüsse schlängelten. Königsblaue Seen blinkten im Sonnenlicht. Blumenmeere bedeckten den Boden, bildeten in sich Figuren, Sonnen oder Sterne. Mitten in diesen Blütenträumen standen Gebäude mit Erkern und Türmen, Dach-

terrassen und verschachtelten Aufbauten. Krümel hatte Häuser dieser Art noch nie gesehen.

Heiß war ihr jetzt in ihrer Winterkleidung. Sie fühlte, wie ihr der Schweiß von der Stirn in die Augen rann. Nein, dachte sie, und wenn ich abstürze, aber ich muss diese Kapuze abnehmen. Ganz langsam löste sie Finger für Finger von der Stange. Der Besen flog unbeirrt weiter. Krümel schob in Zeitlupe die Kapuze zurück und zog den Reißverschluss des Anoraks auf. Der Fahrtwind fuhr ihr angenehm kühlend unter die offene Winterjacke. Dann wagte Krümel sogar, die zweite Hand vom Besenstiel zu nehmen. Der behielt auch, ohne zu schwanken, seine Richtung bei. Krümel streifte die Handschuhe ab und stopfte sie in die Anoraktaschen. Sie saß ganz aufrecht auf ihrer Besenstange. Es war fast wie freihändig Fahrrad fahren.

Der warme Wind wehte durch Krümels braunen Haarschopf und fegte ihr einzelne Strähnen aus der Stirn. Krümel hielt ihr Gesicht in die Sonne. Die Strahlen taten gut nach dem wochenlangen trüben Novemberwetter. Es machte ihr auch nichts mehr aus, nach unten zu sehen.

Dort tauchte gerade wieder eines dieser unvorstellbar verwinkelten Gebäude auf, das inmitten eines zauberhaften Gartens lag. Zum ersten Mal sah Krümel eine Fee. Die stand in einem sonnengelben langen Glitzerkleid auf einem Weg, der sich von einem kleinen türkisfarbenen Teich zu dem Eingangstor ihres Palastes schlängelte. Sie zauberte mit ihrem Stab an einigen Blumen herum. Es schien nicht ganz so zu laufen, wie sie sich das vorgestellt hatte, denn die sonnengelbe Fee stampfte mit dem Fuß wütend auf. In diesem Augenblick spürte Krümel einen sanften Luftzug neben sich. Und aus den Augenwinkeln sah sie etwas Blaues an sich vorbeizischen. Als das Ding den Besen überholt hatte, erkannte sie, dass es eine Zauberkugel war. Das sind also die wild gewordenen Dinger, von denen Rosine erzählt hat, dachte Krümel.

Die Kugel schoss direkt auf die sonnengelbe Fee zu. Die ließ ihren Stab fallen und schrie wie am Spieß. Die Kugel blieb in der Luft stehen und raste dann senkrecht in den Teich, sodass eine Wasserfontäne aufschäumte und die Fee von oben bis unten nass gespritzt wurde. Die kreischte weiter und rannte in ihrem klatschnassen Feenkleid auf ihren Palast zu. Kaum war sie hinter dem Eingangstor verschwunden, flog die Kugel wieder aus dem Teich hoch. Sie quirlte über Krümels Kopf ein wenig herum und ließ dabei einzelne Wassertropfen auf Krümels Haarschopf fallen. Dann verschwand sie nach oben in den blauen Himmel.

Krümel lachte. Die waren doch ganz witzig, diese durchgedrehten Zauberkugeln! Sie verstand nicht recht, warum die Feen sich so darüber aufregten. Und Krümel überlegte, was wohl mit Rosine passiert sein könnte und warum sie ausgerechnet eine Schere mitnehmen musste. Aber sie wusste so wenig vom Feenreich, dass sie sich einfach nichts Sinnvolles vorstellen konnte.

Krümel blickte wieder nach unten. Dort zogen Teiche, Laubwälder und Feenpaläste vorbei. Das Mädchen hatte den Eindruck, dass sie das alles schon einmal gesehen hatte. Flog der Besen etwa im Kreis? Aber es gab nichts, was Krümel hätte tun können. Sie hatte ja keine Ahnung, wo Rosine steckte. Also blieb ihr nichts anderes übrig, als Aurelias Besen samt seinem Navigationssystem zu vertrauen. Und dann erinnerte sich Krümel daran, dass sich Rosine in der Menschenwelt auch nicht gut orientieren konnte. Für die kleine Fee sahen alle Häuser und Straßen gleich aus. Sie hatte große Schwierigkeiten vom Bäcker wieder zurück in Jupp Bäumlers Wohnung zu finden. Wahrscheinlich geht es mir hier wie Rosine bei uns, dachte Krümel. Für mich sieht hier alles gleich aus.

Krümel wurde unsanft aus ihren Überlegungen gerissen, weil direkt vor ihr ein übergroßer Feenturm auftauchte. Sofort begriff Krümel, dass der Besen viel zu tief flog. Sie würde pfeilgerade in den Turm sausen.

Das Navigationssystem ist auf Automatik eingestellt. Aber es kann sein, dass Hindernisse auftauchen, die nicht gespeichert sind, dann musst du von Hand korrigieren, hörte Krümel Aurelia sagen. Ja du lieber Herr Gesangsverein!, dachte Krümel.

Das ist wohl ein Hindernis, das nicht gespeichert ist.

Der Turm kam in rasender Geschwindigkeit auf sie zu. Aufgeregt drückte Krümel auf den Besenstiel. Surrend öffnete sich die Steuerungsscheibe. Krümel starrte nervös abwechselnd auf den näher rückenden Turm und auf die Scheibe mit den roten Pfeilen. Sie konnte Einzelheiten an dem Gebäude schon genau erkennen. Vor ihr tauchte der oberste Balkon auf. Die verschlungenen Ornamente des schmiedeeisernen Gitters ließen sich klar unterscheiden. Krümel schrie leise auf und überlegte nicht mehr lange, auf welchen Pfeil sie drücken sollte. Sie wählte *oben*. Der Besen schoss mit einem Ruck steil in den Himmel, sodass Krümel sich festklammern musste, um nicht abzurutschen.

Nach wenigen Sekunden nahm der Besen wieder eine waagrechte Haltung ein. Er setzte unbeirrt seine gespeicherte Bahn fort. Aber Krümels Herz klopfte bis zum Hals und sie keuchte noch eine ganze Weile, so sehr war sie erschrocken. Hoffentlich sind nicht noch mehr solche Hindernisse auf dem Weg zu Rosine!, dachte Krümel.

Als nichts weiter passierte, löste Krümel ihre verkrampften Finger vom Besenstiel und betrachtete wieder die Landschaft unter ihr. Die hatte sich in der Zwischenzeit etwas verändert. Die Wälder waren größer und dichter. Hinter ihnen stiegen hohe Berge auf. Sie wirkten viel schroffer und wilder als die sanften Hügel, über die Krümel bisher geflogen war. Über die Berggipfel jagten Wolken. Es waren die ersten Wolken, die Krümel im Feenreich sah. Auch gab es kaum noch Feenpaläste und Gärten. Die Welt hier wirkte unbewohnt und verlassen. Krümel konnte jetzt auch die Bäume und Wiesenstücke genauer sehen. Sie begriff, dass der Besen zunehmend an Höhe verlor. Er hielt auf ein lang gestrecktes Waldstück zu und verlangsamte seine Geschwindigkeit. Die Bäume kamen rasch näher. Die Sohlen von Krümels Winterstiefel streiften beinahe die blaurot gemusterten Blumen. Krümel erwartete, dass der Besen in diesen Wald hineinfliegen würde. Es war ein lichter Ahornwald und die Bäume standen weit auseinander. Aber der Besen stoppte einfach am Rand.

Einige Minuten lang blieb Krümel verdutzt auf dem Stiel sitzen. Als gar nichts weiterging, stieg sie ab und blickte unschlüssig in den Laubwald. Durch die ausladenden Blätterdächer der Bäume fielen Sonnenstrahlen und malten Licht-und-Schatten-Muster auf den Grasboden. »Und jetzt?«, fragte Krümel. Unwillkürlich hatte sie laut gesprochen.

Der Besen richtete sich auf und stand senkrecht in der Luft. Krümel fuhr erschrocken zurück. An diese Zaubergeräte musste sie sich erst noch gewöhnen. Für ein Menschenkind waren die doch recht unberechenbar. Krümel schloss vorsichtig die linke Hand um den Stiel. Das schien die richtige Reaktion zu sein, denn der Besen setzte sich langsam in Bewegung und zog das Mädchen in den Ahornwald hinein.

Es lief sich wunderbar auf dem weichen Moos. Krümel versuchte, nicht auf die gelben und violetten Blumen zu treten, die überall aus dem Boden sprossen. Aber das war fast nicht möglich. Der Besen behielt stur seine Richtung bei, sodass Krümel immer wieder ins Stolpern geriet, wenn sie den Blumenbüscheln ausweichen wollte. Obwohl es unter den Bäumen schattig war, schwitzte Krümel hier fast noch mehr als auf dem Besen. Jetzt fehlte der kühlende Fahrtwind. Der Rucksack war zwar nicht besonders schwer, aber die Träger rieben unangenehm auf ihren Schultern. Krümel verfluchte ihren dicken Anorak und die schweren Winterstiefel. Am liebsten wäre sie barfuß gelaufen, doch sie wagte nicht stehen zu bleiben. Vielleicht flog der Besen einfach weiter senkrecht durch den Wald und ließ sie mitten in dieser Zauberwelt sitzen.

Schließlich hielt der Besen an. Krümel blickte sich um. Die Bäume standen noch weiter auseinander und vor ihr lag eine Art Lichtung im vollen Sonnenschein. Der Boden war übersät mit türkisfarbenen, gelben, roten und violetten Blumen. Auf der gegenüberliegenden Seite wölbte sich ein seltsames Gebilde neben den Bäumen empor.

Es sah aus wie eine Art Zelt, war aber viel unregelmäßiger geformt. Es war dunkelblau und glänzte wie ein Wasserfall unter den Sonnenstrahlen. Zögernd tapste Krümel darauf zu. Der Besen führte sie nicht mehr. Sie hielt ihn jetzt in der Hand wie ein x-beliebiges Putzgerät.

Als Krümel näher an das zeltartige Ding herankam, sah sie, dass es durchscheinend war. Es bestand nicht aus Stoff, sondern war ein dicht gewebtes, blau schimmerndes Netz. Darunter lag eine Gestalt. Krümel ging schneller. Die letzten Meter lief sie. Das blonde Haar hatte sie schon von weitem bemerkt und als sie direkt davor stand, war sie sich sicher. »Rosine!«, rief Krümel und ging vor dem Netzzelt in die Hocke.

Die kleine Fee lag auf einer blauen Decke am Boden und rührte sich nicht. Sie trug noch Menschenkleidung, den roten Anorak und Jeans. Ihr Kopf ruhte auf dem linken Arm. Blonde Strähnen fielen ihr über das Gesicht.

»Rosine!«, rief Krümel noch einmal und ließ dabei den Besen los. Der stürzte einfach zu Boden. Sie achtete nicht weiter darauf, sondern spähte durch die Maschen in das Innere. Alles dort war blau gefärbt. Auch Rosines Gesicht und ihre Hände wirkten bläulich. »Rosine!«, rief Krümel zum dritten Mal. »Rosine, so sag doch was!«

Aber die kleine Fee lag unverändert auf der Seite. Nicht eine Haarsträhne bewegte sich. Auch nicht, als der Wind rauschend durch die Bäume fuhr.

Krümel schauderte, obwohl ihr doch warm war und die Sonne helle Strahlen auf den Waldboden sandte. Das Mädchen stand schließlich auf, legte den Rucksack ab und zog den Anorak aus. Dann schritt es vorsichtig um das Zelt herum und suchte einen Eingang. Aber es gab keinen. Es gab nicht einmal eine Naht, die man hätte auftrennen können. Und obwohl sich das Gebilde hoch über die schlafende Rosine wölbte, sah Krümel keine Stangen oder andere Befestigungen. Sie streckte die Hand aus und wollte den Stoff hochziehen. Vielleicht konnte man unten hindurchkriechen. Das, was Krümel dann berührte, fühlte sich nicht wie ein Stück Stoff an, sondern wie gegossenes, kühles Eisen.

Krümel schrie auf und fuhr sich mit der Hand über die Stirn. Das war unheimlich, dieses Zeug. Krümel warf einen Blick auf die schlafende Rosine. Sie wirkte wie ein in blaues Plexiglas eingeschlossener Käfer. Das ist ja furchtbar!, dachte Krümel und wischte sich die Tränen von der Wange.

Und vergiss die Schere nicht, hörte Krümel Aurelia sagen.

Krümel sprang zu ihrem Rucksack und zog Opas überlange Schere heraus. So schnell wie möglich wollte sie diesem Spuk hier ein Ende machen. Was dachten sich die Feen eigentlich bei so einer Schweinerei? Ganz sicher steckte Fragale dahinter. Nur ihr traute Krümel eine solche Gemeinheit zu. Krümel blickte noch einmal auf die blau angelaufene Rosine und zuckte schaudernd zusammen. Dann holte sie tief Luft und stieß die Scherenspitze mit aller Kraft zwischen die Glieder des Eisennetzes. Krümel verlor fast das Gleichgewicht, denn die Schere glitt durch die starren Maschen, als ob es Spinnweben wären. Verblüfft starrte Krümel auf das Loch. Sie zog die Schere zurück, klappte sie auf und versuchte sich einen Einstieg in das blaue Netzgebilde zu machen. Es war, als würde sie durch Wasser schneiden. Als Krümel das ovale Stück herausnehmen wollte, löste es sich unter ihrer Berührung in einzelne blaue Fäden auf. Sie schwankten leicht im Wind, verloren ihre Farbe und verschwanden im selben Augenblick.

Krümel blickte in das Innere des Zeltes. Rosines Arm bewegte sich ganz leicht und ein leiser Seufzer ertönte. Krümel ließ die Schere fallen, sprang in das Zelt und kniete sich neben die schlafende Fee. »Rosine!«, rief sie und strich ihrer Freundin das blonde Haar aus dem Gesicht. »Rosine!«, rief sie noch einmal. Ohne lange zu überlegen, packte sie Rosines Schultern und rüttelte sie kräftig hin und her.

Rosine schlug die Augen auf und starrte Krümel an. »Mhm«, machte sie.

Krümel umarmte die kleine Fee und zog ihren Oberkörper in eine sitzende Position. Das gelang auch einigermaßen, auch wenn sich Rosine schwer an Krümel lehnte.

»Rosine«, sagte Krümel zum x-ten Mal. »Erkennst du mich denn nicht? Ich bin's doch, Krümel!«

Die kleine Fee sah ausdruckslos in Krümels Gesicht, dann leuchteten ihre blauen Augen kurz auf. »Krümel«, flüsterte sie.

Na endlich!, dachte Krümel und ihr fiel ein Stein vom Herzen. Sie hatte schon befürchtet, Rosine sei schwer krank oder völlig blöd geworden. Man konnte ja nicht wissen, was ein Schlaf unter so einem blauen Gebilde bewirkte.

»Krümel«, sagte Rosine noch einmal. »Das gibt es doch gar nicht. Wie kommst du denn hierher? Was ist denn passiert?«

Krümel versuchte, sich etwas bequemer hinzusetzen, und Rosine konnte sich inzwischen aus eigener Kraft aufrecht halten. Und dann erzählte Krümel, was an diesem aufregenden Tag alles passiert war. Wie sie mit Evi in Hajos Haus gekommen war. Wie sie herausgefunden hatte, dass Rosine verschwunden war. Dass sie Marlena angerufen hatte, damit die aus den Vereinigten Staaten zurückkam. Dass Aurelia sie schließlich in Opas Garten abgefangen und ihr den Besen und den Auftrag gegeben hatte, Rosine zu befreien.

Rosine war im Laufe von Krümels Erzählung immer wacher und munterer geworden. »Du hast meinen Zauberstab?«, rief sie erfreut und sprang mit einem Satz auf die Füße.

Krümel folgte ihrer Freundin aus dem Maschengebilde und kramte aus ihrem Rucksack den schwarz glänzenden Stab. Die kleine Fee griff danach und strahlte über das ganze Gesicht.

»Kannst du mir jetzt endlich erklären, was hier los ist? Warum haben dich die Feen zurückgeholt und unter dieses Dings gesteckt?«, fragte Krümel.

»Fragale hat mich zurückgezaubert«, erklärte Rosine. »Weil sie ja glaubt, dass meine Reisen in die Menschenwelt schuld sind an den durchgedrehten Zauberkugeln. Die anderen Feen waren eigentlich dagegen. Fragale hat jedoch behauptet, ich müsse jetzt endlich meine Prüfung nachholen. Das hat den anderen Feen eingeleuchtet. Und so hat mich Fragale mir nichts, dir nichts direkt vor ihren Regierungspalast katapultiert. Da stand ich dann in meiner Menschenkleidung, das fand Fragale völlig unfeenhaft. Ich musste ihr beichten, dass ich den Zauberstab unterwegs verloren hatte. Da ist sie in eine solche Wut geraten, dass sie mich zum Feenschlaf verurteilt hat. Das ist eine sehr schwere Strafe. Die übrigen Feen, vor allem meine Mutter und meine Großmutter, haben zwar protestiert. Aber Fragale ließ mich von ihren Anhängerinnen packen und hierher bringen. Und dann bin ich … dann weiß ich auch nicht mehr.«

Rosine zuckte schaudernd zusammen und blickte zu dem blauen Netz. Aber das hatte sich zu Krümels Erstaunen in nichts aufgelöst.

»Aurelia hat dir einen Besen gegeben und dich mit einer Schere hierher geschickt?«, fragte jetzt Rosine und riss Krümel aus ihren Gedanken.

Krümel nickte.

»Aurelia«, sagte Rosine gedankenverloren. »Aurelia fliegt extra in die Menschenwelt, damit du herkommst und mich befreist?«

»Ja doch«, bestätigte Krümel ungeduldig. »Aber kannst du mir noch erklären, wieso ich eine Schere mitnehmen musste?

Wieso konnte dich Aurelia nicht befreien? Die hätte sich doch eine Schere zaubern können.«

»Ja, schon«, bestätigte Rosine. »Allerdings hätte ihr das nichts genützt. Die Schere wäre nämlich Teil des Feenreichs gewesen wie auch Aurelia selbst. Und deshalb hätten weder Aurelia noch ihre gezauberte Schere etwas gegen den Feenschlaf ausrichten können. Aber du bist aus einer anderen Welt. Auf dich und die Schere wirken Feenzaubereien nicht.«

»Aha«, sagte Krümel. Die Feenlogik leuchtete ihr mal wieder überhaupt nicht ein.

»Aber wir sollten jetzt endlich von hier weg!«, rief die kleine Fee.

Das fand Krümel auch.

»Aber wohin?« Rosine wirkte ratlos.

»Einfach zurück zu Opa! Wir könnten mit dem Besen fliegen«, schlug Krümel vor. Sie wollte sich Rosines Zurückzauberfähigkeiten nicht anvertrauen, vielleicht landeten sie in Opas Kühlschrank.

Rosine schüttelte den Kopf und starrte den Besen an, den Krümel in die Hand genommen hatte. »Bei allen Wetterhexen«, murmelte Rosine. »Jetzt versteh ich das erst. Natürlich, das ist es!«

»Was ist was?«, fragte Krümel.

»Erklär ich dir später!«, rief Rosine. »Los, wir fliegen zum Feenversammlungsort. Ich schaff das heute nicht, uns dort hinzuzaubern. Jedenfalls weiß ich jetzt endlich, warum die

Zauberkugeln durchgedreht sind. Da hätte ich schon viel früher draufkommen können.«

Krümel hätte gerne mehr von Rosine erfahren, aber die kleine Fee hatte es eilig. »Los jetzt!«, rief sie. »Wir sollten jetzt endlich hier weg.«

Krümel setzte sich auf den Besen. Rosine schwang sich hinter ihr darauf. Dann presste Krümel ihren Daumen auf den Pfeil für *vorwärts* und der Besen schoss mit einem Satz nach vorne und zischte durch den Wald. Rosine schrie auf. Sie klammerte sich an Krümel fest. Die begriff, dass sie den Bäumen ausweichen musste, und steuerte ihr Fluggerät in rasender Geschwindigkeit achterbahnmäßig zwischen den Stämmen hindurch.

Als der Wald hinter ihnen lag, nahm Krümel den Daumen von der Scheibe und der Besen blieb abrupt stehen. Sanfter, dachte Krümel, ich muss sanfter auf die Pfeile drücken, dann fliegt der Besen sicher langsamer.

Rosine stöhnte in Krümels Rücken. »Sag mal«, keuchte sie. »Bist du so den ganzen Weg bis hierher geflogen?«

Krümel grinste und erzählte Rosine von Aurelias automatischem Navigationssystem und dass sie mit der Handsteuerung noch nicht so viel Erfahrung hatte.

»Schon gut«, brummte Rosine. »Ich sag dir jetzt, wo's langgeht. Aber, bei allen Feen, flieg langsamer!«

Krümel drückte ganz sacht auf *oben* und der Besen setzte sich wieder in Bewegung – allerdings sehr viel gemächlicher.

Vierzehntes Kapitel,
in dem Rosine eine Lösung findet

Krümel machte das Fliegen richtig Spaß. Seit sie sanfter auf die Pfeile drückte, schnurrte der Besen langsam und zufrieden vor sich hin. Er trug die beiden Mädchen schwerelos über die blühenden Gärten, Feenpaläste und weitläufigen Parks. Rosines Zeigefinger tauchte immer wieder vor Krümels Gesicht auf und gab die Richtung an. Für Krümel sah hier alles gleich aus. Sie hatte immer noch das Gefühl, im Kreis zu fliegen.

Plötzlich war die Luft erfüllt von einem Summen und Murmeln, das auf- und abschwoll. Schon erschien Rosines Finger und deutete nach unten. »Da ist die Feenversammlung!«, rief sie. »Flieg außen herum und lande am Rand.«

Krümel flog einen Bogen. In einer Talsenke sah sie unzählige Feen in schimmernden Seidenkleidern, die sich im lauen Wind bauschten. Das Rascheln konnte Krümel auf ihrem Besen hören und auch, dass die Feen aufgeregt diskutierten. An einem Ende des ovalen Platzes erhob sich ein stahlblauer Feenpalast mit unzähligen Erkern, Türmen, Aufbauten und Terrassen. Die goldenen Balustraden mit ihren verschnörkelten Verzierungen blitzten im Licht der untergehenden Sonne.

Fragales Regierungspalast!, fuhr es Krümel durch den Kopf. Das muss er sein!

Krümel setzte unmittelbar hinter den Feen auf. Die nahmen von den beiden Kindern keine Notiz, so vertieft waren sie in ihre Diskussion. Eine Fee stand auf der Terrasse des Palastes und versuchte vergeblich sich Gehör zu verschaffen.

»Das ist Fragale«, zischte Rosine. Und dann sah sie erschrocken an sich hinunter und schüttelte den Kopf. »Bei allen Feen! So können wir hier nicht herumlaufen!«

Und ehe Krümel noch etwas sagen oder tun konnte, hatte Rosine ihren Zauberstab gehoben. Bunte Sternchen sprudelten daraus hervor. Als sie verblassten, hatte sich Rosine in eine perfekte Fee verwandelt: blaues Kleid, silberne Schühchen und das funkelnde Diadem saß exakt im hochgesteckten Haar.

»Klasse!«, rief Krümel beeindruckt.

»Na, und du erst«, erwiderte Rosine und kicherte.

»Wieso ich?«, fragte Krümel verdutzt. Da war jedoch schon ein mannshoher Spiegel vor ihr aufgetaucht. Und in diesem Spiegel erblickte Krümel eine kleine braunhaarige Fee. Die trug ein bodenlanges flaschengrünes Kleid. Die Haare waren zu einer phantasievollen Hochfrisur geordnet und darauf thronte ein smaragdgrün strahlendes Diadem. Nur guckte die Fee gar nicht feenmäßig drein, sondern schaute völlig perplex aus dem Spiegel. So perplex, wie Krümel eben schaute, wenn sie etwas überhaupt nicht begriff. »Ach herrje«, murmelte sie.

Rosine krümmte sich vor Lachen, doch dann wurde sie ernst. »Komm, wir wollen doch wissen, was hier vor sich geht!« Die kleine Fee packte Krümel am Ärmel und zog sie über den mit bunten Steinchen ausgelegten Platz.

Die Feen schrien aufgeregt durcheinander.

»Das ist nicht korrekt, Fragale!«, rief eine rot gekleidete Fee. »Du darfst kein Kind zum Feenschlaf verurteilen, weil es seinen Zauberstab verloren hat. Das ist eine völlig überzogene Strafe!«

Die übrigen Feen murmelten beifällig.

»Sie reden über dich«, flüsterte Krümel der kleinen Fee zu.

Die nickte und bugsierte Krümel weiter durch die Menge nach vorne. »Da stehen auch meine Mama und meine Großmutter Seesane. Dort vorne auf der Terrasse«, raunte sie ihrer Freundin zu.

Krümel sah eine Fee im türkisfarbenen Kleid und daneben eine weiß gekleidete ältere Dame. In ihrem schneeweißem Haar steckte ein Perlendiadem. Sie wirkte sehr beeindruckend, fand Krümel, wie sie da so kerzengerade und weiß schimmernd über die Menge ragte.

Krümel und Rosine hatten inzwischen die Terrasse erreicht und konnten Fragale aus nächster Nähe sehen. Die fuchtelte nervös mit dem Zauberstab in der Luft herum.

Und endlich gelang es der Feenzeremonienmeisterin, auf die Vorwürfe zu antworten. »Rosine muss ihre Prüfung ablegen, deshalb …«

Aber weiter kam Fragale nicht, denn die Feen brachen in schallendes Gelächter aus.

»Und wie soll sie das machen?«, rief die rot gekleidete Fee wütend – Rosine flüsterte Krümel zu, dass sie Proszale hieß –, »wenn sie unter dem blauen Zelt liegt?«

Fragale hob gebieterisch ihren Stab. »Außerdem haben sich die Zauberkugeln beruhigt, seit Rosine zurück ist und im Feenschlaf liegt. Das ist der Beweis dafür, dass ihre Reisen in die Menschenwelt die Zauberkugeln aus ihrer Ordnung gerissen haben!«

»Aber das ist doch gar nicht wahr!«, schrie eine zitronengelbe Fee aufgebracht, die Krümel sofort wieder erkannte. »Das ist nicht wahr«, wiederholte die Fee. »Bevor ich mich zur Versammlung zauberte, landete eine dieser Kugeln in meinem Teich und spritzte mich von oben bis unten nass!«

Krümel bemerkte, dass sich einige Feen das Lachen verbeißen mussten. Andere machten »Aaah!« oder »Oooh!«.

Fragale war kurz aus dem Konzept geraten, aber dann fasste sie sich recht schnell. »Marginale!«, rief sie. »Du hattest noch nie ein Gefühl für Zeit. Du kommst zu jeder Versammlung zu spät oder zu früh. Und du weißt wirklich nicht, ob ein Ereignis vor drei Stunden oder vor drei Tagen stattgefunden hat.«

Marginale biss sich auf die Lippen und erwiderte nichts.

In diesem Augenblick spürte Krümel einen sanften Luftzug über sich. Als sie den Kopf hob, sah sie eine blaue Zauberkugel, die direkt auf Fragale zuhielt. Einige Feen hatten sie ebenfalls bemerkt und schrien erschrocken auf. Nur Fragale wollte unbeirrt weiterreden. Aber da hatte die Kugel sie schon erreicht. Sie schrammte das Diadem der Feenzeremonienmeisterin, sodass es ihr schief auf dem Kopf stand. Noch bevor Fragale vor Schreck aufschreien konnte, war die Kugel hoch oben im blauen Himmel verschwunden. Die Zeremonienmeisterin kreischte und Krümel fand, dass sie in ihrem violetten Kleid aussah wie ein hysterischer Pfau.

Die übrigen Feen riefen aufgeregt, teils empört, teils amüsiert durcheinander. Dann hörte Krümel eine ruhige, sichere Stimme, die mühelos das Geschrei und Gelächter übertönte.

»Eines ist jetzt wohl endgültig klar«, sagte Seesane, »Rosines Reisen in die Menschenwelt haben nichts, aber auch gar nichts mit den außer Kontrolle geratenen Zauberkugeln zu tun. Wir sollten nun Rosine von dieser ungerechten Strafe erlösen. Wir müssen endlich ernsthaft darüber nachdenken, wie wir die Zauberkugeln wieder in den Griff bekommen können.«

Krümel spürte, dass Rosine neben ihr tief Luft holte. Sie musste sich zu erkennen geben. Und zwar bevor sich die Feen aufmachten sie unter dem Zelt hervorzuholen, unter dem sie schon längst nicht mehr lag. Ihr fiel es alles andere als leicht, in der Feenversammlung zu sprechen und die Aufmerksamkeit aller auf sich zu ziehen. Rosine schnaufte nochmals hörbar aus, dann hob sie beide Arme und rief, so laut sie konnte:

»Ich bin hier! Ihr müsst mich nicht holen. Ich habe meinen Zauberstab wieder und ich weiß auch, warum die Zauberkugeln verrückt spielen!«

Die Feen fuhren herum und suchten Rosine in der Menge. Elane und Seesane entdeckten sie als Erste. Sie sprangen zu ihr und zogen sie nach oben auf die Terrasse. Die kleine Fee zerrte Krümel mit. Dabei flüsterte sie ihrer Mutter und Großmutter zu, wer das grün gekleidete Mädchen sei. Die beiden erwachsenen Feen starrten Krümel verwundert an. Seesane lächelte dann und strich Krümel zärtlich über die kunstvolle Feenfrisur.

Fragale hatte sich von dem Schrecken erholt und fast zur alten Form zurückgefunden. »Na, Rosine«, sagte sie streng. »Dann wollen wir doch hören, wie du wieder in Besitz deines Zauberstabes gekommen bist. Und was hast du uns über die Zauberkugeln zu sagen?«

Rosine schluckte und sah sich unsicher nach ihrer Mutter um. Elane nickte ihr aufmunternd zu. Und so begann Rosine erst einmal, ihre Erlebnisse zu erzählen. Sie berichtete, dass Krümel sie befreit habe, und aller Augen richteten sich auf das tiefgrün gekleidete Mädchen.

Krümel fühlte sich gar nicht wohl in ihrer Haut, als sie die erstaunten und verwirrten Blicke der Feen auf sich spürte. Wahrscheinlich bin ich für sie so etwas wie ein Außerirdischer, dachte sie.

Krümel wartete gespannt, dass Rosine endlich erklärte,

warum die Zauberkugeln wild durch die Feenwelt fegten. Die Feen waren genauso neugierig wie Krümel. Als Rosine jetzt kurz schwieg, war es, als ginge ein Knistern durch die Versammlung.

Rosine schluckte erneut. Ihre Mutter und Großmutter nickten ihr wieder aufmunternd zu und Rosine gab sich einen Ruck. Und als sie weitererzählte, da begriff Krümel, warum es der kleinen Fee so schwer fiel, gerade diese Teile ihrer Geschichte auszusprechen.

»Ich glaube«, sagte Rosine zögernd. »Es war so: Fragale hatte Aurelia doch aus dem Feenreich geohrfeigt. Und das, obwohl die Wetterhexe als Zeugin geladen und deshalb geschützt war!« Bei diesen Worten lief Fragale vor Wut rot an. Aber sie wagte zunächst nicht Rosine zu unterbrechen. »Da war Aurelia ziemlich wütend auf alle Feen. Und wahrscheinlich hat sie ihre Erlebnisse den übrigen Wetterhexen erzählt. Gemeinsam haben sie wohl einen Plan ausgearbeitet, wie sie es den Feen heimzahlen konnten. Und so haben sie die Zauberkugeln beschworen wild durch das Feenreich zu fliegen. Als Aurelia dann mitbekam, dass ich dafür bestraft wurde, holte sie Krümel aus der Menschenwelt. Die sollte mich befreien. Wetterhexen können nämlich Unrecht nicht ertragen. Selbst konnte sie mir nicht helfen, weil der Feenzauber ja auch auf sie wirkt.« Rosine schwieg erschöpft, während die Feen aufgeregt durcheinander redeten.

Fragale sah ihre Chance und brüllte quer über den Platz:

»Das ist ja der größte Unfug, den ich je gehört habe! Wie sollten Wetterhexen denn die Zauberkugeln beschwören? Du weißt wohl nicht mehr, Rosine, dass Zauberkugeln Zaubergeräte sind und deshalb nicht beschworen werden können.«

Rosine wusste es recht gut. Sie hatte es Krümel oft genug erklärt. Die kleine Fee wagte jedoch nicht, etwas zu sagen.

Da nahm ihre Großmutter den Kampf mit Fragale auf. »Ich finde Rosines Erklärung sehr einleuchtend, Fragale.«

Ein zustimmendes Gemurmel war zu hören.

»Denn«, fuhr Seesane fort, »Zauberkugeln sind sehr alte Geräte. Im Feenreich gibt es nur noch sehr wenige Feen, die alle ihre Fähigkeiten und Eigenschaften begreifen und damit umgehen können. Schließlich hast du, Fragale, unsere Welt auf Computer umgestellt. Unsere jungen Feen beschäftigen sich ausschließlich damit. Die Wetterhexen aber haben noch das Wissen um die Kugeln und können es für ihre Zwecke nutzen. Ein Zaubergerät, liebe Zeremonienmeisterin, kann man nur dann nicht beschwören, wenn es eindeutig einer Fee zugeordnet werden kann. Deshalb müssen wir hingehen und unsere Zauberstäbe holen. Die Zauberkugeln jedoch liegen seit vielen Jahren in unseren Palästen und stauben vor sich hin, ohne dass wir sie verwenden. So sind sie feenlos geworden und können deshalb auch beschworen werden.«

Seesane schwieg nun, Fragale biss sich auf die Lippen und die übrigen Feen begannen wieder, aufgeregt miteinander zu reden. Schließlich meldete sich die rot gekleidete Proszale zu

Wort: »Was ich jetzt noch nicht verstehe, ist, wieso die Wetterhexe Aurelia Rosine befreit hat. Schließlich ist Rosine doch auch eine Fee. Und für eine Wetterhexe bleibt eine Fee doch eine Fee.«

Rosine wandte sich Hilfe suchend nach Seesane um, aber statt ihrer Großmutter antwortete Elane: »Ich nehme an«, sagte sie, »das liegt an Folgendem: Rosine ist mit Sicherheit die einzige Fee, die noch niemals eine Wetterhexe aus dem Feenreich geohrfeigt hat. Deshalb ist sie mit Aurelia, wie soll man sagen, befreundet.«

Krümel sah, dass es Elane schwer gefallen war, das auszusprechen. Die Feen senkten nach diesen Worten schuldbewusst die Köpfe. Sie scharrten dabei mit ihren goldenen und silbernen Schühchen verlegen über die bunten Steine. Und wahrscheinlich erinnerte sich jede von ihnen daran, wie sie das ein oder andere Mal eine Wetterhexe recht unsanft aus dem Feenreich katapultiert hatte.

»Schön«, sprach da Fragale, die sich ganz einsichtig und freundlich gab. »Und was, liebe Rosine, sollen wir jetzt tun, um die Zauberkugeln wieder in unsere Ordnung einzufügen?«

Rosine wischte sich nervös über die Stirn. »Wir sollten mit den Wetterhexen Kontakt aufnehmen und sie überreden die Kugeln ruhig zu stellen«, schlug die kleine Fee zögernd vor. Und dann wich sie auch schon zurück, denn Fragale begann wieder zu brüllen.

»Mit den Wetterhexen Kontakt aufnehmen!«, schrie die Feenzeremonienmeisterin. »Niemals!«

Aber da riss den übrigen Feen der Geduldsfaden. »Es reicht, Fragale«, tönte es aus der Menge. »Geh nach Hause, Schwäne verzaubern!« – »Schnipp dir ein bisschen Feenlikör herbei, das beruhigt!«

Und ehe Krümel richtig begriff, was vor sich ging, hatten sich einige Feen auf die Terrasse gezaubert. Sie scheuchten Fragale in den Regierungspalast.

»So!«, sagte Proszale befriedigt, als Fragale hinter den goldverzierten Toren des Palastes verschwunden war. »Wie könnten wir denn mit den Wetterhexen Kontakt aufnehmen? Na, Rosine, was meinst du?«

Rosine lächelte. Seit die Zeremonienmeisterin verschwunden war, fühlte sie sich bedeutend wohler. »Es ginge über eine Zauberkugel. Aber ich glaube, es ist gar nicht nötig, sie zu rufen. Die Wetterhexen sind sicher in der Nähe. Schließlich haben sie gerade eben eine Zauberkugel geschickt!«

Kaum hatte Rosine ausgesprochen, da ertönten auch schon erschrockene Rufe aus der Menge. Als Krümel den Kopf hob, sah sie eine ganze Formation von Wetterhexen. Sie hielten auf ihren Besen direkt auf die Talsenke zu. In ihren weiten Flickenröcken und mit den langen verwuschelten Haaren, die hinter ihnen herwehten, wirkten sie sehr malerisch. Die Feen wuselten aufgeregt und hektisch über den Platz. Sie versuchten den Rand der Senke zu erreichen.

Dann setzten die Wetterhexen auch schon zur Landung an. Und jetzt standen sie mitten unter den Feen. Wetterhexen mit hüftlangen schwarzen, roten, braunen und blonden Haaren. Mit kunterbunten weiten Röcken, die sich im Abendwind bauschten. Jede hielt einen Besen in der Hand. Krümel hatte den Eindruck, dass ihnen doch nicht recht wohl in ihrer Haut war, umringt von hunderten von Feen. Die starrten ebenfalls unsicher auf die Wetterhexen. Es war ganz still jetzt. Kein Laut ertönte. Weder die Wetterhexen noch die Feen wagten zu sprechen. Beide Gruppen blickten sich nur zutiefst verwundert an.

Krümel stieß Rosine an.

Die nickte. Irgendwer musste ja anfangen. Und wenn die erwachsenen Feen dazu nicht in der Lage waren, dann musste sie das tun! »Willkommen«, sagte sie. Ihr fiel beim besten Willen nichts anderes ein. »Willkommen im, äh, Feenreich. Ich hoffe, ihr hattet einen guten Flug.«

Die Wetterhexen begannen verhalten zu kichern. Auch die Feen grinsten jetzt.

Da löste sich eine Wetterhexe aus der Gruppe und Krümel erkannte sie sofort: Aurelia. »Wir hatten einen guten Flug«, rief sie lachend. »Na, du Feenkind in der Ausbildung, alles gut überstanden?«

Rosine nickte und Aurelia sprach weiter. Dabei wurde sie wieder ernst. »Wir sollten jetzt verhandeln. Ihr wollt, dass die Zauberkugeln euch das Leben nicht mehr schwer machen.

Und wir wollen, dass man uns das Leben nicht mehr schwer macht, wenn wir über das Feenreich fliegen und dort auch landen!«

Ein teils empörtes, teils aufgeregtes Murmeln lief durch die Reihen der Feen.

»Und die einzige Fee, mit der wir verhandeln«, rief Aurelia, »ist Rosine.«

Das Gemurmel der Feen verstummte. Alle sahen erwartungsvoll Rosine an. Die kleine Fee sprang von der Terrasse und lief auf Aurelia zu. Die umarmte Rosine und zog sie in die Gruppe der Wetterhexen.

Nach einer Weile kam Rosine zurück. Sie verkündete, dass die Wetterhexen überall im Feenreich landen wollten, ohne geohrfeigt zu werden.

Proszale nickte. Auch die anderen Feen senkten zustimmend die Köpfe. In diesem Augenblick öffnete sich das Tor des Feenpalastes und Fragale stürzte heraus. Sie brüllte, dass sie niemals einer solchen Bedingung zustimmen werde. Da zischte eine blaue Kugel aus dem Nichts auf Fragale zu und riss ihr das Diadem endgültig vom Kopf. Fragale schrie auf und rannte in ihren Palast zurück.

»Hervorragend«, sagte Proszale und blickte bewundernd zu Aurelia. Die grinste freundlich. Proszale fuhr fort: »Ich glaube, wir brauchen in nächster Zeit eine neue Zeremonienmeisterin. Das klären wir später, jetzt zu euch.« Proszale wandte sich Krümel und Rosine zu, die wieder nebeneinander auf der

Terrasse standen. »Ich nehme an, dass das Menschenkind möglichst schnell in seine Welt zurückmuss!«

Krümel nickte. In diesem Augenblick fielen ihr siedend heiß Opa, Marlena und Herr Bäumler ein. Wie spät es wohl inzwischen war? In Krümels Welt war Nacht gewesen, als sie losgeflogen war. Und jetzt? Krümel versuchte verstohlen auf ihre Armbanduhr zu schielen, aber die war nicht mehr da. Das Mädchen trug ja Feenkleidung.

Proszale richtete das Wort an Rosine. »Du hast uns einen großen Dienst erwiesen, Rosine. Deine Fähigkeiten haben es uns ermöglicht, mit den Wetterhexen zu verhandeln. Außerdem hast du durch deine Reisen in die Menschenwelt Kenntnisse bewiesen, die weit über das hinausgehen, was Feenkinder normalerweise in deinem Alter können. Deshalb erkläre ich hiermit feierlich vor allen Feen, dass dir die letzte Prüfung, durch die du gefallen bist, erlassen wird.«

Rosine strahlte über das ganze Gesicht, konnte aber nicht antworten.

»Es steht dir frei«, erklärte Proszale, »deine irdische Freundin in die Menschenwelt zu begleiten. Es steht dir auch frei, sie jederzeit dort zu besuchen.« Und dann sprach Proszale ganz leise, sodass nur Krümel und Rosine ihre Worte hören konnten. »Es steht dir allerdings nicht frei, nochmals deinen Zauberstab zu verlieren. Das ist doch zu gefährlich! Vor allem in einer fremden Welt. Und die nächste Prüfung, die ansteht, Rosine, die musst du auf normalem Wege bestehen.«

Rosine wurde rot und nickte. Sagen konnte sie immer noch nichts.

Aurelia winkte Proszale zu. Sie erklärte, dass sie bereit sei mit ihr und den anderen Feen direkt zu verhandeln. Rosine solle sich um Krümel kümmern.

Die kleine Fee zog Krümel von der Terrasse. Die beiden sahen sich lange schweigend an. Währenddessen wuselten auf dem Platz Feen und Wetterhexen durcheinander und begannen tatsächlich miteinander zu reden.

»Du kommst nicht mit?«, fragte Krümel.

Rosine schüttelte ganz langsam den Kopf. Sie sah über den Platz zu den grünen Hügeln, hinter denen türkisfarbene Seen hervorblinkten und sich Türme und Erker der Feenpaläste im Dunst abzeichneten. »Nein«, sagte sie. »Ich muss hier bleiben. Marlena wird ohnehin demnächst auftauchen und dann bin ich in deiner Welt überflüssig. Außerdem hat mir Proszale eine Chance gegeben, die ich so schnell nicht wieder bekomme. Auf normalem Weg hätte ich die Prüfung sicher nicht bestanden. Die nächste muss ich schaffen. Deshalb muss ich in der Zukunft viel üben. Außerdem möchte ich so etwas wie mit Hajo nicht noch einmal erleben. Manche Menschen haben schon eine seltsame Art, mit anderen umzugehen.«

Feen gehen manchmal auch komisch mit Feen um, dachte Krümel und sah Rosine in dem blauen Zelt liegen. Aber sie sagte nichts.

Rosine trat zwei Schritte auf Krümel zu und umarmte sie. Beide standen für einige Sekunden ganz still.

Krümel hob den Kopf und sah Rosine an. Dann fiel ihr Hajo ein. »Was hat sich Hajo eigentlich von dir gewünscht?«, fragte sie.

»Eigentlich darf ich dir das nicht sagen. Es war schließlich ein Feenwunsch und der darf nicht verraten werden. Nur habe ich Hajo die Wünsche ja nicht freigestellt, sondern er hat mich erpresst. Also …« Rosine hielt kurz inne. »Hajo hat sich gewünscht, dass sein Vater mehr Zeit für ihn hat.«

Krümel konnte vor Verwunderung nichts sagen.

»Na, ihr zwei!«, rief eine fröhliche Stimme. Es war Seesane.

Neben ihr stand Elane. Auch Aurelia hatte sich aufgebaut, stützte sich auf ihren Besen und strahlte über das ganze Gesicht, sodass ihre Sommersprossen tanzten. Sie war mit sich und allen Welten restlos zufrieden. Die Wetterhexe reichte Krümel die Hand und bedankte sich für ihre Hilfe.

»Es wird Zeit, dass Krümel nach Hause kommt«, sagte Seesane schließlich.

»Ich hätte dich gerne zurückgeflogen«, erklärte Aurelia. »Und anschließend ein bisschen mit deinem Großvater geplaudert. Aber Proszale meinte, es sei besser, wenn ich hier bleibe und bei den Verhandlungen dabei bin. Außerdem geht es schneller, wenn dich Seesane flugs zurückzaubert.«

Krümel schauderte ein wenig. Ihr war Aurelias Besen in jedem Fall lieber als das Reisen auf Feenart. Da hatte sie dann wieder diese Schlieren vor den Augen und ihr wurde ganz schwummrig.

Seesane strich Krümel beruhigend über das hochgesteckte braune Haar. Darauf saß immer noch vorschriftsmäßig das Feendiadem. Rosines Großmutter murmelte: »Keine Sorge, Krümel, ich achte schon auf dich und zaubere dich so vorsichtig wie möglich zurück. Aber so kannst du natürlich nicht in der Menschenwelt auftauchen!«

Krümel sah an ihrem tiefgrün glänzenden Feenkleid hinunter. Ehe sie die silbernen Schühchen näher betrachten konnte, hatte sie auch schon ihre Stiefel an den Füßen und ihre übrige irdische Winterkleidung am Leib. Selbst der Rucksack, den sie auf der Lichtung im Wald vergessen hatte, lag vor ihr auf dem bunt gefliesten Boden. Fast im selben Augenblick begann sie wieder zu schwitzen.

Rosine räusperte sich verlegen und gab Krümel die Hand und einen Kuss auf die Stirn. »Mach's gut, Krümel«, murmelte sie heiser. »Pass auf dich auf. Und grüß deinen Opa von mir und Marlena und Evi!«

Krümel nickte. »Wiedersehen, Rosine«, sagte sie leise. Dann verabschiedete sie sich von den beiden Feen.

Aurelia drückte das Mädchen kurzerhand an sich und knuddelte es ein bisschen. Sie versprach bei Gelegenheit in Opas Häuschen vorbeizuschauen.

»Bist du bereit, Krümel?«, fragte Seesane und hob den Zauberstab.

Krümel bejahte. Sie warf einen letzten Blick auf Rosine, die in ihrem blauen Feenkleid und dem schimmernden Diadem sehr feenmäßig aussah. Rosine winkte und zwinkerte Krümel mit dem linken Auge zu. Das war das Letzte, was sie vom Feenreich sah. Dann tanzten kunterbunte Schlieren vor ihren Augen und ihr wurde doch schwummrig.

Fünfzehntes Kapitel,

in dem Krümel und Marlena nach Hause kommen

Als Krümel zu sich kam und die Augen öffnete, stand sie in Opas Wohnküche. Etwas benommen blickte sie sich um. Es war alles so, wie sie es verlassen hatte. Aloisius lag vor dem Kohlenofen und schmatzte leise im Schlaf. Er hob nicht einmal den Kopf, als sie auftauchte. Sie ging die paar Schritte zum Tisch, stellte den Rucksack auf einen Stuhl und zog den Anorak aus. Die Nachricht, die sie Opa geschrieben hatte, lag immer noch am selben Fleck.

Schließlich fiel Krümels Blick auf die große Wanduhr aus dunklem Holz, die über dem Sofa hing. Sie zeigte halb zwölf.

Halb zwölf, was?, fragte Krümel sich. Ist es Mittag oder Nacht?

Das Licht brannte in der Wohnküche und die Vorhänge waren geschlossen. Krümel schob sie beiseite und lugte hinaus. Doch sie sah nur die schwarzen Fensterläden, durch die nicht der geringste Lichtstrahl drang.

Es ist Nacht, beschloss Krümel. Aber das kann doch nicht sein!, überlegte sie weiter. Ich bin um halb neun weggeflogen, habe Rosine aus dem Feennetz befreit, habe Ewigkeiten auf dem Versammlungsplatz verbracht und dann hat mich Seesane nach Hause gezaubert …

Als Krümel über ihre Erlebnisse im Feenreich nachdachte, kamen sie ihr sehr unwirklich vor. Hier in Opas Wohnküche, in der die Wanduhr laut und gleichmäßig tickte und Aloisius vor dem Kohlenofen schlief. Krümel setzte sich auf das Sofa und starrte die bunte Wachstuchdecke an. Die Farben waren schon sehr ausgebleicht.

Aber welches Datum ist heute?, überlegte Krümel. Vielleicht ist dieser Tag nicht derselbe, an dem ich abgeflogen bin? Vielleicht ist gar nicht Donnerstagnacht, sondern Freitag oder Samstag. Krümel strich gedankenverloren über die aus-

gebleichte Decke und drehte den Kopf zur Uhr. Drei viertel zwölf! Aber wenn ein oder zwei Tage vergangen waren, warum lag dann der Zettel immer noch am selben Fleck?

Radio, fuhr es Krümel durch den Kopf, die Sprecher sagen immer das Datum zu Beginn der Nachrichten: *Heute ist Samstag, der 13. Dezember …*

Krümel erhob sich und wollte um den Küchentisch herumgehen zu dem kleinen Schränkchen, auf dem das Fernsehgerät und ein Radioapparat standen. In diesem Augenblick hörte sie im Garten jemanden lauthals singen.

»Drunt in der grünen Au steht ein Johannisbeerstrauch so blau, so blau …«

Opa kam von der Chorprobe nach Hause. Dann war also doch Donnerstag!

Nun wurde ein Schlüssel in das Schloss gesteckt und Opa rumorte in der Diele. Er zog wahrscheinlich seinen Mantel und die Schuhe aus. Währenddessen sang er ununterbrochen weiter. Aloisius erhob sich schwanzwedelnd von seinem Platz. Krümel fühlte, dass es wunderbar war, wieder zu Hause zu sein.

»Ja, Krümel!«, rief Opa, als er die Tür aufriss und in die Wohnküche stapfte. »Bist du noch auf!«

»Ja«, antwortete Krümel, denn mehr konnte sie im Moment nicht sagen.

Opa war inzwischen beim Küchentisch angelangt und sah den Zettel. Er holte seine Lesebrille mit der Lupe heraus und beugte sich über das Stück Papier. Dann hob er den Kopf und blickte Krümel fragend an. »Und? Bist du etwa auf Aurelias Besen in das Feenreich geflogen?«

Krümel nickte und legte ihren Kopf auf die Arme. Sie war so müde und erschöpft. All die seltsamen Dinge, die sie erlebt hatte, schwirrten ihr durch den Kopf.

»Warte«, sagte Opa und schlurfte zum Küchenbuffet. »Ich glaube, du brauchst erst mal was Warmes.«

Noch während Opa am Herd mit Topf und Milch hantierte, begann Krümel zu erzählen. Es tat gut, zu reden. Opa brummte hin und wieder vor sich hin, zum Zeichen, dass er Krümel zuhörte. Und je länger Krümel berichtete, umso unwirklicher kam ihr alles vor. Als sie die heiße Milch mit Honig schließlich ausgetrunken und das Stück Reisauflauf gegessen hatte, war sie auch am Ende ihrer Geschichte angelangt. Opa sagte nichts. Er blickte Krümel nur an.

»Vielleicht hab ich auch geträumt«, murmelte Krümel. Vielleicht war sie ja wirklich hier am Küchentisch eingeschlafen.

Opa schüttelte leicht den Kopf. »Nein, das glaub ich nicht. Komm mal mit!«

Krümel erhob sich und folgte Opa aus dem Häuschen in den Garten. Opa schaltete die Außenbeleuchtung an. Er deutete auf den Weg. Das heißt, er deutete auf die Büsche, die am Weg wuchsen und die dort nicht hingehörten. Krümel trat verwundert einige Schritte näher und sah, dass die Büsche rechts und links bis an das Gartentor reichten. Sie trugen grüne Blätter, obwohl Dezember war.

»Was ist das?«, fragte Krümel und beugte sich vor.

»Johannisbeerbüsche«, antwortete Opa. »Seit du erzählt hast, dass du im Feenreich warst, bin ich mir da sicher.«

Krümel beugte sich vor. Tatsächlich! In den Büschen hingen unzählige Rispen roter Johannisbeeren. Mitten im Dezember! Rosine wollte sich wohl für ihren missglückten Unkrautzauber entschuldigen, den sie in Opas Garten angerichtet hatte.

»Und wieso warst du dir vorher nicht sicher, dass es Johannisbeerbüsche sind?«, fragte Krümel.

Opa lachte. »Weil ich da noch glaubte, dass die Büsche deshalb dastehen, weil ich auf der Chorprobe zu viel Hopfentee getrunken habe!«

In diesem Augenblick erklang ein Gedudel aus Opas Häuschen. Krümel sprang zurück in die Wohnküche und wandte sich irritiert hin und her. Endlich hatte sie den Ranzen gefunden. Er stand immer noch vor dem Küchenbuffet, neben dem von Marlena. Krümel riss das Mobiltelefon heraus.

»Okay!«, brüllte Marlena aus dem Hörer. »Alles in Butter. Ich bin morgen Nachmittag in München! Du musst also nur noch den Freitagvormittag ohne mich überstehen. Ich hab meinen Vater noch mal angerufen. Er hat sich fast gar nicht aufgeregt, als er hörte, dass ich krank bin.«

Krümel zuckte zusammen, aber Marlena plauderte munter

weiter. Krümel hatte Mühe, ihren Erzählungen zu folgen. Marlena hatte so ganz andere Geschichten erlebt. Sie erzählte von ihrer Mutter und von der Schule in Amerika. Es sei schwierig gewesen, ihre Mutter zu überreden, sie früher fliegen zu lassen und auf die Schnelle ein Flugticket zu bekommen. Natürlich wollte Marlena sofort wissen, was mit Rosine los war.

Aber Krümel vertröstete sie auf den nächsten Tag. Denn sie konnte das, was sie erlebt hatte, unmöglich am Telefon beschreiben.

Krümel fiel fast um vor Müdigkeit, als sie das Gerät wieder im Schulranzen verstaut hatte. Ihr Blick schweifte zur Wanduhr. Es war zwei Uhr früh! Und Krümel versuchte auszurechnen, wie spät es in San Francisco sein musste. Aber das schaffte sie nicht mehr. Sie fiel auf das Sofa. Bevor sie einschlief, fragte sie ihren Großvater noch: »Glaubst du, Rosine kommt wieder?«

»Das kann man bei kleinen Zauberfeen nie wissen«, brummte Opa, doch das hörte Krümel schon nicht mehr.

Irmgard Lindner, 1962 geboren, studierte Deutsch und Geschichte in München, wo sie heute als Lehrerin arbeitet. Aus beruflichen Gründen und aus reiner Freude las sie Kinderbücher, bevor sie beschloss, selbst welche zu schreiben.

Bei Thienemann bereits erschienen:
Funkelrot – Ein Märchenroman
Krümel und Rosine
Krümel und Rosine in Schwierigkeiten

Lindner, Irmgard:
Krümel und Rosine im Tohuwabohu
ISBN 3 522 17568 9

Einband- und Innenillustrationen: Dagmar Geisler
Einbandtypografie: Michael Kimmerle
Schrift: HuntSpeedBall, Meta Plus und AGaramond
Satz: KCS GmbH, Buchholz/Hamburg
Reproduktion: Die Repro,Tamm
Druck und Bindung: Friedrich Pustet, Regensburg

5 4 3 2 1* 03 04 05 06

Thienemann im Internet: www.thienemann.de

Wenn Feen sich „ver“zaubern

Irmgard Lindner
Krümel und Rosine
160 Seiten mit Illustrationen
ISBN 3 522 17430 5

Rosine ist eine Fee in Ausbildung. Deshalb kommt es vor, dass sie sich „ver“zaubert und anstatt im Märchenwald auf dem Balkon eines Hochhauses landet. Dort trifft sie Krümel, die eigentlich Marianne heißt und in die Dunkelheit starrt, um besser nachdenken zu können. Doch anstatt Krümel bei ihren Problemen zu helfen, stiftet Rosine noch mehr Verwirrung.

Irmgard Lindner
Krümel und Rosine
in Schwierigkeiten
176 Seiten mit Illustrationen
ISBN 3 522 17511 5

Endlich sind sie wieder zusammen: Krümel und Rosine, die Fee in Ausbildung! Und sie können Tag für Tag zusammen zur Schule gehen. Gemeinsam meistern sie so manche Schwierigkeit. Wenn sich Rosine „ver“zaubert. Oder wenn Krümel Ärger mit dem fiesen Hajo hat. Aber was ist, wenn Rosine wieder ins Feenreich zurückmuss?

THIENEMANN